ひよくれんり 1

Chizuru & Masamune

なかゆんきなこ

Kinako Nakayun

EB
エタニティ文庫

目次

ひよくれんり 1

プロローグ　～大人になれない大人～

中学生になればお姉さんになれるって思っていた、小学生の頃。

高校生になれば。大学生になれば。

だけど成長するにつれ、思っていたほど大人になんてなれていない自分に首を傾《かし》げて。

でもこれってつまり、心は若いってことよね、若く見られるのはいいことじゃん、と開き直ったのは二十五歳を過ぎた辺りから。

おかしいな。二十歳を過ぎれば大人だって思っていたのは、いつまでだったっけ？

法律的に、お酒を飲んでも許される歳ではある。

煙草《たばこ》だって、法律的には吸えるようになった。（吸わないけど）

入ったことはないけど、レンタルショップのアダルトコーナーにだって入れる。

職場には自分より年上の人より年下の子が多くなって、頼られるようにだってなってる。

それでも自分は本当に大人になれているのかな？　って、首を傾げてしまうのはどうしてだろう？

ああ、心が若いわけじゃないんだなって気付いたのは、この頃。二十八歳になって、三十路《みそじ》目前になってから。

私がいつまでも自分を『大人』と思えないのは、子どもの頃想像していた『立派な大人』ってやつに、なりきれていないからなんだ。

私はいつ、あの頃思い描いていた『大人』になれるんだろう？


峰岸《みねぎし》千鶴《ちづる》。二十八歳。独身。彼氏なし。

身長は百五十二センチ。体重は……言えないな。

髪は肩上くらいまで伸ばしている。色素が薄いのは、母親譲《ゆず》り。

現在、気ままな実家暮らし。父は商社勤め。母は専業主婦。弟は大学生。家族仲は良好。

職場は二駅先の街にある書店。とはいっても正社員じゃない。パート。

パートのお給料でもやっていけるのは、ひとえに実家暮らしだから。

だけど、初めこそ娘可愛さに実家暮らしを選んだ私を喜んで受け入れてくれていた両親も、この歳まで結婚する気配もなく、そもそも男の影もないぐうたら娘に危機感を覚え始めたようで……

最近では、「早く出ていけ」とか、「子どもは若いうちに産んだ方が」なんて言われる。

実家暮らしは楽だけど……

家族のことは、嫌いじゃないけど……

こう、触れられたくないところまでずかずかと入り込まれるから、少しだけ居心地が悪い。

「彼氏はいないのか」「誰か良い人は」が口癖みたいになっている両親。「人それぞれじゃん」って私を庇《かば》ってくれる弟は、大学のある街で一人暮らし中。

味方はいない。

彼氏？　いませんよそんなの。

良い人……ならいますよわんさかと。好きな人ならいっぱいいるの。ちゃんと。

心はときめいてるよ。常に。

ただし……

私とは、違う次元の人達だけど……

私の好きな人は……この画面や紙の向こうにたーくさん。

そう、私……

俗に言う、オタクってやつなんで。

彼氏って存在がいたのは、いつ頃だったっけ？

ああ、あれは……まだ私がオタクを必死に隠していた中学生の頃。

どうして好意を寄せられたのかまったくわからなかったけど、隣のクラスの男の子に「付き合ってほしい」って言われて、思わず「うん」って言ってしまった。

当時ハマってた漫画のキャラと同じテニス部で、ドキドキしたっけな。

でも付き合うって、具体的に何をするのか当時の私にはさっぱりわからなくて。

一緒に帰って周りに囃《はや》したてられるのが怖くて、学校では付き合ってるってことを内緒にしていた。

休みの日は朝からアニメを見てゲームをして漫画を読んで、時にはイベントにも参加してたって忙しくて。

ケータイもメールも普及していなかったあの頃。男の子がそっけなさすぎる私を見限るのにそう時間はかからなかった。

そんなほろ苦くも淡い恋（と呼ぶのもおこがましい気がするけど）を経て、私はますます自分の趣味にのめり込んでいった。ちょうど、同じ趣味の友達が増え始めたこともあってさ。仲間がいると、よりいっそう盛り上がるものなのだ。この病は……

中学、高校はオタク一色の青春時代だったなあ。

今思うと、花の青春時代になにやっててんだ！　って、当時の私を叱責《しっせき》してやりたくなるけど。でもあの頃はあの頃なりに、オタクライフを満喫《まんきつ》していた。ある意味、あれだって輝ける青春だよね。一般ピーポー（非オタクの意）には大声で言えない青春だけどさ。同人誌制作のために完徹《かんてつ》、とか。

高校を卒業してからも、「大学に入って環境も変わればオタクから抜け出せるのかな？」って思った瞬間（ええ、瞬間ですよ）もあったけど、私の専攻した学科の同級生の中にはよりコアな同志達がいたりして、抜け出すどころか、ますます深みにハマっていった。

もうね。二次元の男以上に私の胸を熱くさせる現実の男なんて、いないのですよ。せいぜい二・五次元なんて呼ばれる俳優さん（ミュージカルとかのね！）や声優さん達くらい。

でも、より私の胸を熱くさせるのは……

「はあ……。やっぱいいなあ、ヘタレ攻め×誘い受け」

男×男。

いわゆる『やおい』ってヤツ。

そう、私……オタクで、腐女子なんです。

突然のお見合い

それは五月の初旬。

世間が大型連休にやれ帰省だレジャーだと盛り上がっていた時のこと。

ゴールデンウィークはお店の繁忙期で、おまけに連休中は入荷の変動（前倒しや入荷のない日が続いたり……）があって、お客様からの問い合わせや欠品のチェックや補充に大忙し。連休明けにはまた大量の入荷をさばかなきゃいけないから、大変大変。

本屋の仕事は意外に重労働だったりする。本屋の店員さんって、なんとなくこう……大人しくって本好きな文系イメージがあると思うんだけど（実際そういう人もいるけど）、本は重いし、とにかく数が多い。だから結構、肉体労働が多いのだ。

それにいろんなお客さんが来るから、ストレスも溜まる。

中には、タイトルともつかないうろ覚えなキーワードだけで本を探せと、無理難題を言ってくる人もいて……。一度、「昨日新聞に載ってたあれよ、あれ！」とすごい剣《けん》幕《まく》で「本屋さんならわかるでしょ！」って、言われたことがあったなあ……。いやいや、新聞だけで何紙あると思ってるんですか、そしてそれに載ってる本の広告どれだけあると思ってるんですか……とは言えず、必死にキーワードを聞き出したりしたけど結局……

ま、まあとにかく。大変なんだ、本屋の仕事は。そして薄給。

労働内容の割に、時給は安い。

それでも本屋で働いているのは、やっぱり好きなものに囲まれていられるから。

仕事なんてものは何を選んでも大体大変なんだから、せめて好きなものに携《たずさ》わっていたいと思ったのだ。そして、本屋で働けば社割で本が買える！　これ、重要。

私の出費の大半を占《し》める本の購入代を、少しでも浮かせられるんだから文句は言えないでしょう。でも、本屋で働いているとついつい新しい本に目移りしちゃって、結果、前よりたくさん本を買ってしまっている。うう……だって読みたいんだもの。そしてすぐ手の届く所にあるんだもの。

だから気になる本は、とりあえず取り置きしてしまうんです……

そして今日も今日とて、取り置きしていた漫画と帰り際に一目惚れしちゃった本を買って、重い紙袋を手に家に帰った私。ああ……この重みが幸せだぁ……

ふふふ。今日の夕飯はなんだろうなぁ……？　お腹が空いたなあ。お肉が食べたい。

そんな願いが通じたのか、夕飯には肉が出た。

母手作りの豚の生姜《しょうが》焼きを食べて、食後にゴルフ帰りの父が買ってきた柏餅《かしわもち》を食べながら、買ったばかりの漫画を読む。

ああ、幸せ。一度も読んだことのない漫画を一巻から纏《まと》め読みするのって、すっごく幸せだと思う。大人買いして良かった……！　これ、面白いよう！

それに柏餅！　熱々の日本茶に合うー！　うまし！

なんて、にやにやしながら漫画を読んでいたら、唐突に母が口を開いた。

「ねえ千鶴。あんた、次の土曜は休みだったわよね？」

「んー。そうだよ」

今のところはなんの予定もない、連休翌週の土曜日。

好きなだけ寝倒《ねたお》して、積んでたゲームを消化しようっと。むふふ。

「ちょうどよかった。その日、お見合いすることになったから」


え？
オ、オミアイ？　なんだそれ。
「お、お母様？　今、なんて」

うちの母、専業主婦の朱鷺子《ときこ》さんはお茶を啜《すす》りながら、しれっとのたまう。

「だから、お見合いよ。あんたの。いつまでたってもぐうたらして、結婚する気配が微《み》塵《じん》もないのよ~って姉さんに愚痴《ぐち》ったら、『ちょうどいい話があるのよ!』ってね」

「はあ⁉ なんで勝手に決めるの‼ 聞いてないよそんなの‼」

「当たり前でしょう? 今言ったもの」

「うぐっ」

ああ言えばこう言う。

ありえないでしょ、こんな漫画みたいな展開‼

「お見合いしたいなんて言ったことないよ‼」

「言ってたらもっと早く紹介してもらってたわよ。まったくあんたは、ほんとに腰の重い……」

「私、結婚する気なんて……」

「おだまりなさい」

キラリ、と母の目が光った気がした。

「あんた、もうすぐ三十なのよ?」

「……今時、三十過ぎても独身の女の人なんていっぱいいるし」

現に、私の周りの友人達は圧倒的に独身が多い。

だから、私もそんなに焦らずにいられたんだよなあ……

「いつまでも親のすねかじって、どうするつもりなの」

「うぐぐ……」

親のすねかじり。そこをつかれると痛い。

一応生活費は入れているけれど、実家を出て一人で生きていける収入を得ているのかというと、ちょっと怪しい……。少なくとも、今のように趣味にお金をかける余裕はなくなるだろう。

「今はいいわよ。お父さんも元気だもの。でも、私達はあんたより先に死ぬの。あんた、今のままの収入で、独りで生きていけると思ってるの？」

「…………う……」

「……なにも、今回の人とすぐに結婚しろって言うんじゃないのよ。まずは会ってみなさい」

「……はい」

なにも言えなかった。

母の言う通り。ずっと見ないふりをしてたけど、いつまでも今のままではいられないんだって、わかってた。

私はちっとも大人になんてなれてない。

独りで生きていく収入も、力もない。

今はいいけど、いつか両親を亡くして、独りで生きていけるのかって。

今のような生活を、続けていけるのかって。

先を想像するのが怖くて、逃げていた。

漫画やゲーム、アニメの世界はそんな不安を忘れさせてくれる。

私は逃げていたんだ。二次元が見せてくれる幸せな世界に。

だけど、昔のようにずっとその世界に溺《おぼ》れたままではいられない……

だって、私は……

心は未熟でも、社会的にも肉体的にも、大人と呼ばれる歳に、十分なってしまっているから。

（……だからって結婚に逃げようとするとか……。私はほんとにダメだなぁ……）

母に突然見合いの話を告《つ》げられた翌週。

私はこの歳で着るにはちょっと恥ずかしい振袖《ふりそで》に身を包み（いや独身なんだから着てもいいんだろうけど）、某ホテルのレストランに来ている。

別に、こんな振袖じゃなくてワンピースとかでいいじゃんって、言ったんだけど……

『せっかく買ったのに、あんた一回しか袖通してないじゃない！』

と、母の雷が落ちまして……

まあね。成人式の時に着たっきりだもんね。確かにもったいない。

当時は、まあ友達の結婚式とかで着るよ～とか言ってたんだけど、そんな機会は巡ってこなかったしな……。（中学の頃の友達の結婚式に呼ばれた時は、遠方だったから着替えやすいドレスで参列したし）

でもこう、いかにも『ザ・お見合い!!』って感じで……は、恥ずかしいよう……

私の隣には、同じく着物を着た母・朱鷺子。

母の向かいには、これまた着物姿の伯母・亜実《つぐみ》。

そして私の向かいには、私のお見合い相手……の人……が、い、いらっしゃったんですけれども!!

「……で、こちらが柏木《かしわぎ》正宗《まさむね》さん。高校の先生をやってらっしゃるのよ」

ま、まじかよおおおおお!!

私は内心ばっくばくだった。

だって、どうせ三十過ぎて見合いに来るような男なんて、今まで女に縁のなかった冴えない男だろうと、私は高《たか》を括《くく》っていたのだ。むしろ嘗《な》めていたと言ってもいい。（偏見いけない！）

だから、見合いをすることは了承したものの、どうせ上手くいくわけないからとりあえず「見合いしちゃったよ！　乙！」なんて、自虐《じぎゃく》っぽいネタに使えるなこれ、ブログに書くか、と思っていたくらいなのに。

なのに、なんで……

「……こんにちは。柏木正宗と申します」

なんで見合い相手が、イケメンなんだよおおお!!

百八十センチはありそうな高身長。仕立ての良いスーツに包まれた身体は細身で、でもほど良く引き締まっていそう。

艶《つや》のある黒髪は短く整っていて、切れ長の瞳に筋の通った鼻梁《びりょう》の持ち主。

絶対リア充だろこの人!! しかも眼鏡かけてるううう!!

二次元ならモロ好み。ストライクど真ん中な外見（黒髪眼鏡）の三十男が目の前に!!

「……はじめまして。峰岸千鶴です」

私はなんとか、接客で培《つちか》ったよそ行きボイスで挨拶《あいさつ》をした。

しかし内心は焦りまくっている。

だっておかしい。おかしいよ。

なんでこんなイケメンが見合いなんてしてるの!! こんな外見をお持ちなら、女なんてそれこそ選び放題だろ!!

ええと、柏木正宗さん。

職業、私立高校教師。専門は日本史。三十歳独身で、結婚歴なし。

ご両親はすでに他界していて、現在は亡きお祖父さんから譲《ゆず》られた一軒家で一人暮らし。

趣味は読書……って。

今回のお見合いは突然だったから、お互いの釣書《つりが》きなんて用意されていない。

代わりに紹介者である伯母さんが、柏木さんのプロフィールを事前に教えてくれていた。

プロフィールだけ見ると、かなり理想的な人だよこの人。

収入は安定しているし、同居なしで一戸建て付き。しかも同じ趣味!!

おまけにこのルックス……

これだけ良い条件が揃《そろ》ってて彼女がいないなんて、言っちゃ悪いが何か問題でもあるんじゃないだろうか……

そうじゃなかったら、神様が気まぐれでも起こして、私に一生に一度あるかないかの幸運をくれたとしか思えない。

(ははは……。まさかね……)

そんなに上手くいくわけないと、私は一笑《いっしょう》する。

ここに来るまでは「会うだけ。結婚はまだしない」なんて言っていたくせに、いざ見合い相手がイケメンで理想的な人だとわかった途端に「してもいいかも」なんて思う打算的な自分に嫌気が差す。

きっと、柏木さんは「付き合いで断れなかった」とかなんだ。

本気で見合いする気なんてないんだろう。

（あー、まあ……）

理想のイケメンを間近に見れて良かったな、と思おう。今回は。

「…………」

しかし……見れば見るほど、素敵な眼鏡。

こう、くいっと眼鏡を押し上げてくれないかなあ……。ちなみに私はツルをくいっ、よりもブリッジをくいっ、に萌える。

なんて、思わず柏木さんに見入っていたらブリッジをくいっとしてくれた。

おお……眼福《がんぷく》。そうか、柏木さんはブリッジくい派かぁ……

いいよなあ、眼鏡男子。はあ〜目が幸せ……

「……？」

柏木さんが訝《いぶか》しげな視線をよこしたので、おおっとやばい見すぎたか、と慌てて愛想笑いする私。

愛想笑いは仕事で慣れているのだ。

そうこうしているうちに、私達のテーブルに料理が運ばれてくる。

ちょうどお昼時だから、メニューはランチコースだ。実は、ここのコース料理密かに楽しみにしてたんだよなあ。

美味《おい》しいって評判だけど、私には敷居が高くてちょっと……

こればっかりは、お見合い様々《さまさま》だなと思う。

芸術的に盛りつけられた前菜のサラダをぱくり。う、うまぁー!!

なんだこれ!!

野菜自体が美味しいのはもちろんだけど、このドレッシングがうまー!!

——この時の私は、眼鏡男子と美味しいコース料理に浮かれていて、「こういう見合いならまあ、たまにはいいかな」なんて思っていた。美味しいものもタダで食べられるし。

そう、この時の私は、柏木さんと会うのはどうせこれっきりだろうと思っていたのだ。

お見合いランチの締め。

最後に運ばれてきたデザートは、プレートに綺麗に盛りつけられたアイスクリームとチョコレートケーキ。

すっごく美味しかったから、父と弟（見合いすることを伝えたら何故か帰って来た）

に、お土産《みやげ》で買って帰ろうかなと思った。二人とも甘党なのだ。ここ、持ち帰り用にケーキ売ってるみたいだし。

「それじゃあ、あとは若い二人で」

「んぐっ……」

おおっと危ない。せっかくの紅茶を噴き出すところだったぜ……

『あとは若い二人で』なんて。そんなセリフ、ドラマの中だけだと思ってたよ、亜実伯母ちゃん。

母と伯母は二人でにこにこと立ち上がって、あとには私と柏木さんが取り残される。

若い二人でって言われてもな……

何をすればいいのか、わかんないんだけど。

「……どう、しましょうか?」

ここで話をするか。それとも定番通り、二人で庭でも散策するか。

選択権を相手に委《ゆだ》ねると、柏木さんは少し考えたあと……

「それじゃあ、庭に出ますか」

と、二人で庭を見に行くことにした。

さりげなく私の椅子を引いてくれて、おお……！　出来た人だなあって思う。

さすがに初対面だから、手を繋《つな》いだりはしなかったけど。（というかそんなことできないけどね！）

で、これまたさりげなく、草履《ぞうり》で歩きにくい私に歩調を合わせてくれるあたり、優しい人なんだなぁ……って思う。

ここのホテルの庭は、日本庭園。五月の今は、躑躅《つつじ》が花の盛《さか》りを迎えている。

人工の滝もあって、池には錦鯉《にしきごい》が泳いでいた。

錦鯉か……。昔、弟と二人で公園の鯉にパンくずをやったっけなあ……

鯉の口がぱくぱく動くのが面白くて。いたずらで小石を投げると、鯉はぱくんと呑み込むんだけど、すぐにぽよっと吐き出すのがまた面白くて、ずっと見てたっけ。

私が錦鯉を見ていると、柏木さんも立ち止まって池を見る。

二人無言で、池を見つめた。

五月の、温かい陽射しに涼しげな風が吹き抜けていく庭。

緑が一番、青々と輝く季節。

ああ、綺麗だなって。こう……凪《な》いだ気持ちになれる。

洋風の庭も良いけど、日本庭園も好きだ。

「…………」

「…………」

「…………」

「…………」

「…………」

「…………」

——って、しばらくぼうっとしていたけど。

やっぱり、会話した方がいいんだろうか。

でも、なにを喋《しゃべ》ったらいいんだろうな……。定石《じょうせき》通り、「ご趣味は？」とか？

いやしかし。趣味って、もうお互いわかってるしなあ……

あ、そういえば趣味は読書、ってことだったけど、柏木さんはどんな本を読むんだろう。日本史が専門って言ってたし、やっぱり時代物とか歴史物が好きなのかなぁ……時代物……。高校時代、司馬遼太郎《しばりょうたろう》にハマったたっけなあ。そしてそのまま転がるように新撰組にハマったわけですよ。新撰組、それに戦国武将はオタク女子の大好物ですよ。

ちなみに、三国志も大好きだ!!

男の人って、戦国や幕末、三国志好きが多いって言うし……

それなら、語り合える。（ただし熱く語りすぎて引かれるかもしれないが！）

「……峰岸さんは」

「うはいっ!?」

ちょうど、「三国志好きですか」をどう上手く切り出すか考えていたところに先手を打たれて、少し声が裏返ってしまった。は、恥ずかしい……

「……鯉がお好きなんですか？」

「へっ？　は、はい……」

イエスかノーで言うならまあイエス。

鯉に対する思い入れはそんなものだけど、予想外の質問に思わず「はい」と答えてしまう。

「……そうですか」

「…………………」

「…………………」

「…………………」

つ、続かないー!!　会話、続かないよ!!

どうしよう、これ私も「柏木さんも鯉、お好きですか？」って聞くべき？　聞くべきなの？

でも、それって「こいつどんだけ鯉好きなん!?」ってならないか？

結婚相手の条件は「鯉が好きな男性です」って!?　うわー!!

私は人生初の見合い！　しかも相手はイケメン!!　という非常事態に思考が暴走していた。普通に考えれば、他に話題がないから聞いたんだってことくらい、わかるだろうに。こっちも話題がないなら、なんでもいいからうまいこと話しかけて話題を振ればいいんだって。それだけだって。

わかってはいる……だけど……！

でも、言葉が出ないいんだよー!!　何言っていいかわかんないんだよー!!

「……すみません」

「うえっ⁉」

独りでテンパっていると、傍《かたわ》らにいる柏木さんが突然謝り始めた。

えええええなんで⁉

「……俺はどうも、口下手で……」

いや。良いじゃないですか無口キャラ。（あ、キャラって言っちゃった）

眼鏡で無口な男子は萌……いや、素敵!!　だと思うの!!

「……え、と……？」

「……退屈な思いを、させてしまう」

「たいくつ？」

私は年甲斐《としがい》もなく、きょとんと首を傾《かし》げる。そんなんしても可愛くねーよ！　と、もう一人の自分がツッコんだ気がしたがまあいいや。

ええと……。たいくつ……。退屈？

いやいや退屈って！　そんなの緊張のあまり感じる余裕もないですよ!!

理想の美形が隣にいるんですよ!?

むしろ謝るのはこっちですよ！　うまく場を盛り上げられなくてすみません!!

「そんなことないです!!」

思っていたよりも大きな声が出て、自分でもびっくりした。

柏木さんも、びっくりした顔で私を見ている。

「あああいやあの。私もそんなに口が上手い方じゃなくてですね」

「…………」

「私の方こそ、退屈させてしまうと言いますか」

「いや、そんなことは」

いやいやいや！　そんなことありますって!!

でも……

「でも、無理して話さなくてもですね」

ああもう！　何を言いたいのかわけわからん。

「その、無理して話そうとしなくても……」

ああ同じこと言ってる……！

で、でもですね……

ええと。つまり。

私が言いたいのはですね。

「無理して話そうとしなくても……。会話がなくたって、無言のままだって、居心地が悪いわけじゃない……です」

話をしなくても。

ぼうっと、風景を見つめて。

無言のままでも、全然気まずくなくて。

むしろ、話さなくちゃと意識した途端に焦って。どうしようどうしようってなったから……ですね。ええと……。つまり――

「柏木さんといるのは、退屈じゃありません。お、落ち着き……ます」

心臓はどっきどきだけどね!!

「峰岸さん……」

ああ、どうしてもっと上手いこと言えないんだろうな私。

そんな自己嫌悪に陥《おちい》って、これはうまくいかないパターンだやっぱり、なんて思っていたから。

戻り際、

「これ、連絡先です……」

なんて、名刺を渡されて。(裏にケータイ番号とメアドが書かれてた)
「……よかったら、今度映画でも見に行きませんか」
って、誘われた時は思わず「これなんの死亡フラグ⁉」って叫びそうになった。
これが私達の、最初の出会い。

気になる人

見合いの日から三日後の午後。

受け持ちの授業のない時間帯。俺は自分のデスクのある社会科準備室で一人コーヒーを飲みながら、携帯を開く。

メールの着信はない。

とっさに見合い相手の峰岸千鶴さんにこの携帯の電話番号とメールアドレスを書いた名刺を渡したのだが、それから彼女からの連絡はなかった。

見合いの世話人である、保坂《ほさか》亜実さんからも何の連絡もない。これは……『脈なし』ということだろうか。

「まっさむーねセンセ！　コーヒーおくれー!!」

がらっ!!と扉が開く。

入って来たのは白衣姿の男。この学校の養護《ようご》教諭だ。

「…………」

他の先生方がいないから、まだいいものの……

入室の前には、ノックをするのが礼儀だろう。

これでは生徒達に示しがつかないじゃないか。

そう思ってはいるものの、この男には言っても無駄だとわかっているから、俺は何も言わない。

日頃俺を「正宗」と呼び捨てにする幸村《ゆきむら》が、職場で「正宗センセ」と呼ぶようになるまで、何度言い直させたことか。（ちゃんと『先生』と言えと注意したのだが、直らなかった）

そのくせ父兄や来客の前ではきっちり「柏木先生」と呼ぶのだから、普段のこれはわざとなのだろう。

そんな幸村とは、中学からの付き合いだ。ちなみに、二人ともこの高校の出身である。

幸村は、明るい茶色の髪を首の後ろで一つに縛っている。この学園は自由な校風で、生徒教職員共に染髪《せんぱつ》や長髪が容認されている。でなければ、こいつのこの髪型はアウトだろう。

幸村は、人懐っこい容貌の男だ。いつもにこにこと、口元が笑んでいる。

その見た目通り人懐っこく人好きのする幸村は、男女問わず生徒からの人気が高い。

生徒達の悩みを聞くことも多い養護教諭としては、慕《した》われるのは良いことなのだろうが……

「ふっふーん。俺、正宗センセのコーヒー好き」

好きだと言われても、コーヒーメーカーが作るコーヒーは誰が作っても同じ味だ。

それに砂糖を二つ入れて渡してやれば、「わかってるぅー」と奴は言う。

反応がいちいちうるさい。

「……幸村先生、仕事は？」

「んー。ちょっと休憩中」

大丈夫大丈夫、とカラカラ笑って、幸村はコーヒーを受け取る。

大丈夫って、その間に具合を悪くした生徒が来たらどうするつもりだ……と、俺の眉間に皺《しわ》が寄っているのに気付いた幸村が、慌てた様子で首を横に振る。

「あ、ちがう。ごめんなさい冗談です。今はね、保健室にサボりにきた奴に留守番任せてんの。俺は職員室に用があって、その帰り」

「……………そうか」

サボりは褒められたことではないが、たまに休みたくなる気持ちはわからないでもない。

あまりにひどいようなら、幸村だって対処するだろう。

「そうそう～。ところでさ、聞いたよ正宗センセ。見合いしたんだって？」

「ブフッ」

幸村の言葉に、口に含んでいたコーヒーを噴き出してしまう。

幸い、噴き出したのがカップの中だったから良かったようなものの……

これはもう飲めないな。

無言で流しに立ち、カップを洗い始める俺にさらに幸村は言う。

「職員室で、学園長に聞いちゃった～！　なんでも、学園長の知り合いの姪御《めいご》さん、なんだって？」

「…………」

学園長め……。相変わらず、口が軽い。

そもそも、今回の見合いのきっかけはこの学園長だ。

「学園長、自分が仲人《なこうど》やりたいばっかりに、『自分のトコの、若くて顔のイイ奴を紹介するから誰かいいお嬢さんはいないか？』なんて、探し回ってたらしいじゃん」

「…………」

そうなのだ。

しかもその理由がくだらない。

知り合いの学校経営者が、ある教師の世話役を務めたらしい。その後二人は結婚に至り、彼は仲人として結婚式に出席した。

『それはそれは立派な式だった。さすが自分が結び付けた二人だ』と自慢された学園長は「だったら、自分も！」と発起《ほっき》したらしい。

「で、俺か正宗センセのどっちかで悩んでたらしいけど……」

「…………」

そう。学園長は、この学園で二人しかいない独身者であるうちの俺か幸村かで悩み、結局俺を選んだのだった。

さすがに釣書《つりがき》を作る時間はなかったらしいが、俺のプロフィールを勝手に相手方に伝え（個人情報保護法違反で訴えたら勝てるぞ）、俺のところには、相手のプロフィールと共に事の次第が伝えられた。

『二十八歳の娘さんでね、趣味は読書で本屋に勤めているっていうし、柏木君にぴったりだと思うんだよ』

まったく、寝耳に水とはこのことだと俺は思った。

挙句《あげく》、『もう向こうにも話がいってるんだよ。頼む！　私の顔を立てると思って……』などと。

そう頭を下げられては断れない。

それに、すでに相手に話がいっているのに断るのは失礼かと思って、仕方なく見合いの場に行くことにした。

結婚……か。願望がまったくないわけではなかったのだ。

高校時代に両親を亡くし、その時俺を引き取ってくれた祖父も大学在学中に亡くなった。

以来、祖父の残してくれた一軒家で一人暮らししている俺は、たぶん温かい家庭というものに憧れを感じている。

在りし日の父と母のように、お互いを尊敬し合い、支え合えるような人と結婚できたら……と。

しかし、俺は生来の口下手が災いして、恋人と長く続いたことがない。

まして、忙しいこの職業……。恋人のために割《さ》ける時間が少なく、たまのデートでもあまり気の利いたことを言えない俺に、大抵の女性は愛想を尽かして離れていった。

面白味のない人間だ、という自覚もある。

正直、恋人とデートするよりも空いた時間は本を読んだり、授業に使える参考書を探したりしたい……と思っている俺の方に、別れの原因がある。

同業者なら、と思ったことはあるが……

この学園には独身の女性教師がいない。私立校故《ゆえ》に新規採用はほとんどないから新しい出会いもなかなかない。

だから、見合いで相手を探した方がスムーズに結婚できるかもしれない（相手も最初から結婚を意識しているだろうし）……という気持ちも少しだけあって、学園長の話を了承した。

「ま、俺のトコに話持ってこられても、断ってたけど〜」

「………」

幸村には、人には言えない恋人がいる。

その恋人は生徒ではないが、周りに知られると少し困ったことになる相手だから、この学園で俺の他に知っている者はいない。

本人も言っているように、もし学園長が今回の話を幸村に持っていっていたら、『無理でーす』の一言で一刀両断《いっとうりょうだん》だったろう。

「で、ど〜だったの？　正宗センセ」

見合い相手、可愛かった？　幸村にそう聞かれて、俺はあの日のことを思い返した。

指定されたホテルで待っていた、学園長の知人・保坂亜実さんに案内されて向かったレストランのテーブルには、着物姿の二人の女性がついていた。

それが、見合い相手の峰岸千鶴さんと、その母親の朱鷺子さん。

「はじめまして。峰岸千鶴です」

緊張しているのか、少し強張《こわば》った顔で言う彼女は、聞いていた歳よりもずっと若く見える人だった。小柄な身体つきのせいなのか。大きな瞳が印象的な童顔のせいなのか。

お互いに口数の少ない見合いの席で、彼女の表情が和《やわ》らいだのは、料理が運ばれて来てからだった。

年配の女性二人が「あら、美味《おい》しいわねえ」「本当ね」と楽しげに食べ進む中、彼女は無言のままでぱくぱくと料理を口に運んでいく。

しかし、目は口ほどに物を言う……というが。

彼女の目はキラキラと輝いていて、料理を口に含んだ瞬間幸せそうに緩《ゆる》む表情がとても印象に残った。

美味しそうにものを食べる人だな、と。

その後、二人きりになって庭に出ることにしたのだが……

俺は、まるで猫のようにじっと池を見つめている彼女の横顔から、目が離せなかった。

彼女の表情は、面白いほどくるくる変わる。

最初の、緊張した表情。

料理を食べている時の、幸せそうな顔。

そして、今は池を見ながら何か考えているのか、難しそうな顔をしたり、気持ち良さげに目を細めたり。かと思いきや「はっ」と目を見開いて何か思いついたような顔をする。

そんな風に、景色ではなく峰岸さんを見ていたら……

ふいに、不安が過《よぎ》った。

彼女は、俺がずっと黙ったままで気分を害してはいないだろうか、と。

今まで付き合ってきた女性達にさんざん言われてきた、「どうして黙ってるの?」「話すこともないってこと?」「機嫌悪いの?」という言葉が思い返される。

女性にとって、無口な男は不快らしい。まして彼女とは初対面なのだ。

やはり、話をしないとまずいよな。

俺の方から声をかけるべき……なのだろう。

そう思って、ようやくかけた言葉が「……鯉がお好きなんですか?」で。あれは我ながら、間抜けなことを聞いてしまったと思った。

案の定、峰岸さんはびっくりした顔で、「は、はい」と答えた。

そして、互いに無言のまま気まずい雰囲気になり……

俺は、やってしまったと思った。

どうして幸村のように、愛想良くふるまえないのだろう。

しかし、相手を退屈させてしまう悪癖《あくへき》を謝罪する俺に、峰岸さんは——

「そんなことないです!!」

と、小柄な彼女から発せられたとは思えないほど大きな声で否定してくれた。

「ああああいやあの。私もそんなに口が上手い方じゃなくてですね」

「…………」

「私の方こそ、退屈させてしまうと言いますか」

「いや、そんなことは」

ない、と思う。

彼女は、なんというか……

見ているだけで、面白いと思う。

「でも、無理して話さなくてもですね」

峰岸千鶴さんは、言いたいことを上手く伝えられなくてもどかしい、といった風にたどたどしく言葉を紡《つむ》ぎながら、必死な様子で言った。

「その、無理して話そうとしなくても……」

そして、彼女の言った言葉は……

「無理して話そうとしなくても……。会話がなくたって、無言のままだって、居心地が悪いわけじゃない……です。柏木さんといるのは、退屈じゃありません。お、落ち着き……ます」

この場をセッティングしてくれた学園長に、素直に感謝したいと思うほどに俺の心に響いた。

この人となら、もしかしたら……

そう思った俺は去り際に、

「これ、連絡先です……」

と、日頃持ち歩いている名刺の裏に連絡先を書いて渡したのだが……

もしかして、あれがまずかったのだろうか。

こういうことは世話人を通して申し出ないとまずいのか？

「正宗センセ？　おーい……」

しかし、世話人を通したら峰岸さんも断りにくいかもしれないし。

かといって、初対面の女性から携帯番号やメールアドレスを聞き出すのも……

「おーい……ねえ、おいってば。正宗!!」

「っ!!」

幸村に呼ばれて、はっと我に返る。随分長い間、思いふけっていたようだ。

手に持っていたカップは水ですっかり綺麗に洗われていた。蛇口は無意識のうちに締めていたらしい。

俺はため息を一つ零《こぼ》すと、傍《そば》にあった布巾《ふきん》でカップを軽く拭き、コーヒーメーカーから新しいコーヒーを注ぎ入れる。

「……悪い。ぼうっとしてた」

「んー。別にいいけど。で？　どんなコだったの？」

「……それは」

峰岸千鶴さん……は。

「……可愛らしい、人だったよ」

幼さの残る風貌。

キラキラと輝く瞳。

そして、くるくると変わる表情。

彼女からの連絡がないかと気になって、休み時間の度に携帯をチェックしてしまうくらいには。

俺は、彼女のことを意識していた。

「ふーん。うまくいくといいね」

「…………」

だと、いいんだが……


しかして、その日の夜。

寝る前に確認した携帯には、一通のメールが届いていた。

件名には、『峰岸千鶴です』の文字。

そして本文には、連絡が遅れたことを謝罪する一文と、彼女のメールアドレスと携帯番号が書かれていた。

それを見た俺は、思わず拳《こぶし》をぎゅっと握り締めていた。

＊　＊　＊

「や、やっちまった……」

お見合いから三日後の夜。

私、峰岸千鶴は自室のベッドの上で携帯を握り締めて呟《つぶや》いた。

メール……送っちまったああああ!!

あのお見合いの日、柏木さんから名刺を渡されて以来、ずっと私は悩んでいたのだ。

連絡すべきだろうか……と。

するとしたら、電話？　メール？

いやしかし、電話だと相手の都合がわからないし……。（というか、電話で話す勇気がないだけなんですが!!）

かといって、メールは何と打ったらいいのかわからないし……

それに、いつ送ればいいの……？

朝だと「こいつ、はりきってる」と思われるかもしれないし……

日中は……仕事してないのか暇なのか、とか思われるかな？

昼休みを狙うにしても……。そもそも、先生の昼休みって生徒と同じ……でいいんだよね。

あれ？　高校の昼休みって十二時だっけ？　一時？

あああもう覚えてない！　それに学校によって違ったりするのかなあ。

夜っていう手もあるけど、あんまり遅いと迷惑じゃ……。って！

もおおおお!!　わかんない!!　わかんないよ!!

頭がぐるぐると混乱して、悩みすぎてどうしようもなくて。

こりゃいかん……。手に負えん……!!　と、泣く泣く、友人に事の次第を伝えてアドバイスを求めようと電話したら……

『それ、なんて乙女ゲー？　攻略サイト見ろよ』

って言いやがるしいいいいい!!

失礼な!!　これはゲームじゃないよ、信じられないけど現実だよ、リアルだよ!!

ゲームだったら迷わず『電話』するよおお!!

電話して、デートの約束取りつけて、相手好みの服を着て、待ち合わせの場所に行って、ナンパ男に絡まれて、そこに相手が助けに入ってくれて「遅れてごめん」って言われるよおおお!!

あ、なんか泣けてきた……

本当にね、リアルな恋愛にはまったく免疫《めんえき》がないよ、私……

ああ、現実の恋愛にも攻略本があればいいのに……

そんなことを思いながら、何度も何度も本文を打ち込んでは消し、を繰り返して。

最後は『もうどうにでもなれ！』って気持ちになってしまって、メールの本文はかなりシンプルな内容になった。

件名に、自分の名前。（だって柏木さん私のアドレス知らないから、件名で名乗っとかないと……）

本文には『連絡が遅れてごめんなさい。私のアドレスと、携帯番号です』って一文を添えて、自分のメアドと携帯番号を……って。あああ!!

「私、馬鹿じゃないか!!」

アドレスなんかわざわざ本文に書かなくても、そのまま送信元のメアドを登録すれば済む話だ。しかも、私のアドレスには好きなキャラの名前が入ってるううう!!

「うあああああ!! 恥ずかしいいいい!!」

『送信しました』の画面のままの携帯を握り締めて、ベッドの上でのたうち回る私。

メアド変えておけばよかったああああああ!!

そ、そこまで気にしないよね？

それに、あんまり知られてない作品のキャラだし、だ、大丈夫……だよ、ね……？

うあああああああ!! もう!! 三次元の男の人と接するのって、ものすっごく疲れる!! 誰か私に回復アイテムを!! プリーズ!!

――と、ごろんばたんしていたら、携帯からキャラクターソング、略してキャラソンが鳴り始め、メールの着信を伝えてくれる。

「ふおっ!!」

慌てて受信箱を確認すると『柏木正宗です』の文字。

「…………っ」

へ、返信来たっ。

『メール、ありがとうございます。嬉しいです。

峰岸さんは、映画はお好きですか？

もしよかったら、今度の日曜に一緒に観に行きませんか？』

「……っ。い、行きますぅう!!」

その後も私は、何度ものたうち回りながら頭をフル回転させてメールのやりとりをして、初デートってやつに臨むことになりました。

初デートまで、あと一週間もないよ……!!

ああっ、服……!!

どんな恰好していけばいいのおおおお!!

二人の初デート

あのメールのやりとりからあっという間に時は過ぎて、とうとうデート当日を迎えました。

日曜日。職場は忙しいんだけど、同僚が「初デートなんでしょ？　頑張って来いよ!!」と快《こころよ》くシフトを代わってくれました。

ありがたい……けど。

やっぱり緊張するよー!!　うあー!!　ドキが胸々……じゃない。胸がドキドキするよ!!

デートの場所は、映画館。

これから公開される映画の予告編が流れている劇場内で、私の隣にはお見合いで知り合った黒髪眼鏡のイケメン高校教師、柏木正宗さんが座っている。

うう……三次元の男の人とデートなんて、ぶっちゃけ初めてですッ!!

でも、幸いと申しますか……

映画で良かった！　少なくとも上映中は無言でいられるもんねっ!!　無理に会話し

ようとしなくていいもんねっ!!

で、でもですね……

やっぱり緊張しちゃって、ついつい手がさっき買っておいたアイスティーのカップにばかり伸びるのですよ。あー、喉《のど》が渇く。

はっ!!　でも待てよ……!!　このペースでぐいぐい飲んで、途中でトイレに行きたくなったら……

想像して、私はおず……とカップを戻す。映画の途中で席を立つとか、「ああ、トイレか」ってわかっちゃうよね。恥ずかしい!!　なんか嫌だ!!　途中で席立つの恥ずかしい!!

……の、飲むのはちょっとずつにしよう……。うん。

そしてこれまたついつい、間を持たせようと手が伸びてしまうのがポップコーン。

二人で食べましょうって、Lサイズを買っておいたのだ。溶かしバターたっぷりのやつ。

ふふふ、映画の楽しみの一つだよねえ……。バターたっぷりのポップコーン。

……って、はっ!!　あんまりがっついたら、「こいつどんだけ食うの」とか思われる!?

それに、き、気になるかなやっぱり……。映画の最中に隣でボリボリボリボリ。

……ちょ、ちょっとずつ!!　ちょっとずつ食べよう!!

あんまり音を立てないように、口の中で溶かして呑み込めばいいよね!!

（……と、いうか……）

本編始まる前から、すでに疲労困憊《ひろうこんぱい》ですよ私……。はぁ……

ため息をアイスティーで呑み込み（あぁまた飲んじゃった……）、ポップコーンを音を立てないよう、モシ……っ、モシ……っと舌で溶かすように食べているうちに、映画の本編が始まった。

選んだのは、テレビでも話題の洋画。ちなみにラブストーリーじゃなく、ヒューマンストーリー。感動系。

デートならラブストーリー選べよ！　と思うなかれ!!

だって気まずいでしょうがぁああ!!　洋画のラブストーリーは高確率でエロシーンが入るんだぞ!!　目の前で濃厚なラブシーンとか、気まずいわあああ!!

ちなみに、アクションは……私あんまり見ないし。時代物……も観たかったけど、観たあとに熱く語りすぎて引かれる自信があった。

アニメは論外!!（本当は一番見たかったけど）

で、無難な感動系ヒューマンストーリーにしたんだけど、外れじゃないといいなあ……。前評判はそこそこ……って、お!?

こ、この声……!!

あの声優さん……っ!?　うわ、うわ、ちょっと、一気にテンション上がったんだけど!!

大好きな声優さんが予想外にも吹き替えをやっていて、この映画にして良かった!!

吹き替え版にして良かった!! と思った。

ああ……良い声だなあ……とうっとりしながら聞き惚れているうちに、ストーリーにも引き込まれていく。

こ、これ……。普通に面白い……!!

じーっと画面に見入りながら、私は無意識のうちにポップコーンに手を伸ばした。

すると――

「あっ」

ちょうど柏木さんもポップコーンに手を伸ばしていて、指が触れ合ってしまった。

画面から視線を外して、思わず隣の柏木さんを見ると……

「…………………」

すみませんって、視線で謝られて。

ほ、微笑《ほほえ》まれた……!!

「……っ!!」

触れた指先が、あ、熱い!!

というか、あの、こいつ指先ベタベタしてる、ポップコーン食べすぎってて、思われて

ないかな⁉　うわ、うわあああああ‼
何だかバツが悪くて、私はさっとスクリーンに視線を戻した。
し、心臓が……
心臓が、バクバクするよおおおお‼
柏木さんの指に触れた、私の指先。
バターの油が気になるから、できればハンカチで拭いてしまいたい……っ。
だけど、柏木さんの指に触れた直後にハンカチで拭くとか、感じ悪いよねッ⁉
結局私はバターで汚れた指を、自分の膝の上で持て余してしまう。
（な……なんだこれ……。なんだよ……もう……）
乙女ゲームとかで、二次元男子に当たり前のように感じていたときめき。
だけど、三次元男子を前にすると、こんなにも……
（…………っ）
こんなにも、些細《ささい》なことで……
どうしていいか、わからなくなる。
心の動揺を振り払うように、映画に集中した。
そうしたら、クライマックスで大泣きに泣いて。（こ、声は我慢した……ッ！　たぶん!!）

　私は一つ、学んだのです。

　デートで号泣モノの映画は、マズイ!!

　気合いを入れた化粧が、ぐっちゃぐちゃになる……!!

　映画のエンドロールの途中、まだ暗い場内も顧《かえり》みず私はトイレに向かった。

　恥ずかしかったけど、背に腹はかえられない。

　明るくなって、柏木さんに顔を見られる前になんとかしないとっ、この化粧……っ!!

　急いでお化粧を直して、映画館を出たあとは二人で近くのカフェに入ってお茶をしました。

　お見合いの時よりは、話せた……かな、と思う。（映画の感想とか、お互いのこと……とか）

　その時、「またメールしてもいいですか？」って言われて、あまりにもびっくりしたから、飲んでいたメロンソーダがゴフッって気管に入っちゃって……

　涙目になりながら頷《うなず》きました。

　これが私達の、初デート。

これが恋というものか

「へえー！　柏木さんって、弓道部だったんですね」

日曜日のお昼時。

私は柏木さんと、イタリアンレストランでランチ中である。

一応、デ、デートです……。たぶん!!

柏木さんとは、一日に数回メールのやりとりをして、土曜日や日曜日に、こうして一緒にごはんを食べに行ったり、映画を観に行ったりするようになった。はっきり「付き合う」ってことになっているわけじゃないけど、お見合いを経ての、この状況ではあるし……。

なんというかこう……知り合い以上恋人未満……？　な関係だ。

まあ、まだお互い知らないことも多いし……。『友達以上』とはいえないな。

そんなこんなで、ちょうど今話題に上っているのがお互いの部活経験である。

柏木さん、元弓道部ですってよ!!　いいよねえ弓道部……。あの恰好良い道着。

弓を構える時の、凛々《りり》しい立ち姿……。似合う!!

……あれですよね。放課後の弓道場で――

一人残って練習を続ける柏木さんを、熱い眼差《まなざ》しで見つめる後輩（男）とか！

ひとしきり矢を放って、ふうと息を吐いて弓を下ろし。

額《ひたい》に滴《したた》る汗を拭《ぬぐ》おうしたところで、さっと差し出されるタオル。

見れば、後輩（男）が顔を真っ赤にして、『……っ、使って下さい……』とか、震える声で言っちゃうのですよ、ふふっ。

その後輩（男）の好意に、前々から気付いていた柏木さん。

そして彼は、自分を一途《いちず》に慕《した》ってくる可愛い後輩（男）に微笑《ほほえ》んで……。無言でタオルを受け取って自分の汗を拭い……

すれ違いざま、後輩（男）の肩をぽん……と、叩いて。彼の頭の上に借りたタオルをぽすっと、被せるように返して、弓道場を出ていく……と。

残った後輩（男）は、ぎゅっと、宝物みたいにそのタオルを抱き締めて……

『……柏木先輩……』

――とか、呟《つぶや》いちゃったりしてね！　きゃあああ!!

いいよね、運動部で先輩×後輩とか！　後輩×先輩も萌えるけど、柏木さんと後輩（男）の場合だとやっぱり柏木さんが攻めだわ……

見たい……。見たいなあ……そんな素敵な弓道部！　写真があるならぜひ拝見したいです、イケメン黒髪眼鏡の弓道着姿!!

「……峰岸さんは、何部だったんですか?」

えっ? 私ですか?

私はですね、中学高校と万年文化部ですよ～。

「美術部です。といっても、絵は上手くないんですけどね……」

たはは。なにせ、部活ではもっぱら同志(オタク仲間)達とオタクトークで盛り上がっていたからなあ。美術部と文芸部はオタク率高いですよ。美術室で絵も描かずにイラストとか漫画とか描いてましたよ。

そんな黒歴史は、柏木さんには語れないけれども……

「でも、部活で美術館に行ったりするのは好きでしたね」

これは嘘じゃない。部活のみんなと、顧問が運転するマイクロバスで他県の美術館に行ったりしたなぁ。(そのレポートを毎回書かなきゃいけないのは面倒だったけど……)

「どんな絵がお好きなんですか?」

「そうですね～。私は抽象画よりも、写実的な絵の方が好きですね。油絵の、風景画とかが一番好きです。外国の田舎の風景とか……」

見ていてこう……気持ちが穏やかになれるというか。

ずっと見ていたくなるというか。

「……それじゃあ、このあと一緒に行ってみませんか？　美術館」

「えっ」

「この近くに、小さな美術館があるんですよ。もし、よかったら」

断る理由なんてありませんよ！

「はい！　ぜひ、ご一緒させて下さい」

おおお……。美術館で、デ、デートとか、なんか大人な感じだなあ……


柏木さんに案内されてやって来た美術館は、ビルとビルの間の小道を抜けた所にある、小さな洋館風の建物だった。

ビルが立ち並ぶエリアに、まるでオアシスのように出現した緑の空間。

そこに佇《たたず》む、小さな美術館。なんか素敵な雰囲気……

年季を感じさせる石畳《いしだたみ》を歩いて、中へ。

受付では、私がお財布を出すより先に、柏木さんがすっと二人分の入館料を払ってくれた。

いつもの食事の時もそう。そして、「悪いです」って言う私に、「じゃあ次、払って下さい」って微笑《ほほえ》んで、でもその『次』に出させてもらえたことなど一度もない。本当に申し訳ないです……!!　今度こそ柏木さんより早くお支払いをするぞ……っ!!

「……へぇ……」

受付のお姉さんがくれたパンフレットによると、この建物は元々、ある華族のお屋敷だったんだって。そして、お屋敷を美術館に改装して、それまで収集してきた絵画や美術品を公開するようになったとか。

大きな美術館のように、有名な画家の有名な作品があるわけではなかったけれど。レトロな洋風の室内に飾られた天使のブロンズ像とか、壁に飾られた、綺麗な牡丹の花を描いた日本画や、羊を放牧しているところを描いたイギリスの田舎の風景画に、私はまじまじと見入ってしまった。

この『好きな物を雑多に集めました！』な感じ、好きだなあ……

それに、美術館の静寂《せいじゃく》が好き。

作品と一対一で向き合うこの時間の静けさが、好きだ。

この静寂の中で風景画をじいっと見つめていると、自分がその風景の中に入っていくような感覚を覚える。

……いつか、この風景画に描かれているような景色を、実際にこの目で見てみたいなあ……

そうして柏木さんと私、それぞれが自分のペースで館内を見て回った。

時折、同じ作品の前で長く立ち止まったりして。

隣に並ぶ柏木さんの端整なお顔を見上げると、私の視線に気付いた柏木さんが、口元に微笑を浮かべてくれる。

（……うわ。うわわ……）

「……っ」

柏木さんに微笑《ほほえ》まれると、胸がきゅうーってなる。

なんだろう、これ……。二次元に感じるときめきと、似ているようで、ちょっとだけ違う。

このときめきが、こ、恋って……やつなのですか……!!

美術館を出て、私達は近くにある小さなカフェに立ち寄った。

思っていたより美術館に長居してしまったので、少し小腹も空いている。

私はアイスカフェラテと、本日のおすすめケーキを注文した。（レアチーズケーキだって！　大好き!!）

ちなみに柏木さんは、ホットコーヒーを注文。

飲み物とケーキが運ばれてくるまでの間、私達はただ静かに向かい合う。

目の前に座る柏木さんは、口元に穏やかな微笑を浮かべていた。

（う……ううう……）

柏木さんに微笑《ほほえ》まれると、動悸《どうき》息切れがする。

これが恋ってやつなんだろうと、思う。

もうね……。私の心臓、満身創痍《まんしんそうい》ですよ。

柏木さんの何気ない仕草に、萌え……じゃない!! と、ときめいて……（あれ？ 似たようなものかしら……？）

これまでだって何度ハートを打ち抜かれたことか……

だから、メールのやりとりだって毎回ドキドキしちゃうし、今日みたいな、デ、デートなんかもう……もう!!

緊張しっぱなし……ですよ。

でも、不思議と……落ち着いた気持ちになれたりもする。

たとえば、二人で同じ絵を見つめている時。

たとえば、二人で他愛ない会話をした時にふっと訪れる、少しの沈黙だったり。

こうして静かに向かい合っている、今の時間だってそうだ。

一緒にいてすごく居心地が良いと感じる時間が、ますます増えた気がする。

そして、その居心地の良さに浸っていると、不意打ちのように……

心臓を打ち抜かれちゃうくらいのときめきを与えられることもあって。（さっきの微笑とかね）

……認めよう。

私は、柏木正宗さんという一人の現実の男性に好意を……抱いている。

恥ずかしながら、初めて……男性を、好きになりました。（三次元の、という意味で）

「…………………」

お見合いで知り合った私達。

何度も会って、食事をして、話をして。

知り合い以上恋人未満の私達。

柏木さんは、私のことをどう思っているのかな……？

嫌われてはいないと思う……けど。

「……さん。……しさん？　……峰岸さん？」

「ふあっ！」

しまった!!

思わず思考にふけってしまって、呼びかけられていることに気付かなかった!!

しかも、私達の前にはすでに注文していた飲み物とケーキが並んでいる。

店員さんが来たのにも気付かないとか、どんだけトリップしていたんだ、私!!

「……す、すみません、ぼうっとしてしまって……」

私はごまかすように、グラスのストローを口に咥《くわ》える。

冷たいアイスカフェラテが、喉《のど》を潤《うるお》してくれた。

ああ……甘くて美味《おい》しいなぁ……

「……峰岸さん」

「はい」

柏木さんが、私の名を呼ぶ。

ストローから口を離して彼を見ると、どこか真剣な眼差《まなざ》しで私を見つめていた。

「……思えば、ちゃんと口にして言ったことはなかったですよね……」

ん？　何を……？

何か言いたいことがおあり……

「峰岸千鶴さん。俺と、結婚を前提に付き合っていただけませんか？」

…………。え？

え……えええええええええええええええええ!!

そ、そりゃ確かに、私達の関係ってなんなんだろうなーって。

一応お見合いを経てのデートであるから、まあ結婚を意識しての……恋人……未満？

かな？　とか思ってたけどさ。

あ、改めて……そんな……そんな真剣な顔で言ってもらえると……

うううう嬉しいやら恥ずかしいやらびっくりやらで、あの……心臓が……

心臓が破壊され……ただけじゃ済まず、その傷だらけボロッボロの心臓が口からポーンって!!　ポーンって飛び出していきそうな勢いなんですけど!!

「……返事を聞いてもいいですか……？」

へ、返事って……。それは……そら……

「………はい！　あ、あの、う、嬉しいです……」

私はどうにかこうにかそれだけを口にして、コクコクと首を縦に振った。

ど、どうしよう……

付き合って下さいって言ってくれた柏木さんの声を録音して永久保存したいくらい、嬉しいよおおお。（でも聞く度に悶《もだ》えてごろんばたん！　しそうだけど……）

あうううう、いろんな物が逆流しそうだ。

さっき飲んだアイスカフェラテ、鼻から目から噴きそう。

透明なアイスカフェラテ、目から滲《にじ》んできちゃうよ……

「……良かった」

ホッと、胸を撫《な》で下ろす柏木さん。

彼はさらに言った。

「……千鶴さん、と」

「え……っ」

「千鶴さん、と呼んでもいいですか……？」

……うっく!!

低音ボイスで名前呼びとか、な、なんて破壊力!!

「……は、はい……。あの、じゃあ私も……」

「……はい」

ああ……。柏木さんが何か嬉しそうな顔で微笑《ほほえ》んでいらっしゃる。

ひええ、なんてイケメン。

本当に、本当にいいんですか、私で……

「ま、正宗……さん」

ふあああ恥ずかしい!!

ただ名前を呼ぶだけなのに、なんでこんなに……ドキドキするんだ……っ。

「はい……。ありがとうございます。千鶴、さん」

そうして、初めてお互いを名前で呼び合うようになった日。

私達は正式に、『恋人同士』という関係になったのでした。

雨は歌う

千鶴さんとは、食事に行くことが多い。

美味《おい》しいものを「美味しい！」と食べている時の千鶴さんを見るのが好きで、ついつい食事に誘うことが多くなる。

職場で、他の先生方や幸村からおすすめの店だったりメニューの話題を聞くと、真っ先に千鶴さんの顔が浮かぶようになった。

今度はその店に一緒に行ってみよう……とか。

気に入ってもらえるだろうか……なんて。

今日も、仕事のあとに食事に行く約束をしていた。

いつもなら日曜や土曜、俺の仕事が休みの日の昼間に会うことが多いのだが、たまには夕食を共にと誘ってみた。そういうわけで駅の近くのスペイン料理店に、すでに予約を入れてある。

仕事を終えて、幸村に「これからデート？」とにやにや顔でからかわれながら、学校を出て。

雲行きが怪しいな、なんて思っていたら、案の定待ち合わせの駅に着いた頃には、雨がパラパラと降り始めていた。

ちょうど梅雨《つゆ》時だものな。折り畳み傘を持っていて良かった。

混雑するホームを抜けて、東口に向かう。

大きな時計の近くが待ち合わせ場所だ。

……雨になるなら、こんな屋外ではなく、どこか喫茶店で待ち合わせた方が良かったかもしれないな。

そう思って傘を差しながら小走りに向かうと、そこには透明なビニール傘を差した千鶴さんがすでに待っていた。

「すみません……！　お待たせして」

「いえいえ！　全然待ってませんよ！」

傘の下で、千鶴さんはふわりと微笑《ほほえ》む。

……可愛い。

そして雨の中、並んで歩く彼女は楽しそうに笑いながら言う。

「スペイン料理、楽しみです！　パぺっ……エ、リア……」

……噛んだようだ。言いづらいですからね、パエリア。

彼女は顔を真っ赤にして俯《うつむ》く。

思わず口元が笑んでしまうのを、手で覆って隠して。

紺色の俺の傘と、透明の彼女の傘が、並んで街を歩く。


スペイン風の調度品で統一された、異国情緒溢れる店内。

テーブルに着いて、彼女が食べたがっていたパエリアを始め、料理をいくつか頼む。

スペイン料理は耳慣れない名前のものも多いが、この店ではメニューに料理の写真や、どういった材料を使った料理なのかという説明が載っていたので、選びやすかった。

「美味《おい》しい！」

運ばれてきた熱々のパエリアを一口食べて、一言。

良かった。どうやら、気に入ってもらえたようだ。

「美味しいです〜」と、ぱくぱく料理を食べ進めていく千鶴さん。

それでも、合間合間に、空いた俺の皿に料理を取り分けてくれたりして、細かいところに気の付く人だなあと思う。

スペイン料理と美味《うま》い酒に舌鼓《したつづみ》を打ちながら、最近読んだ本の話をしたりして。（彼女もミステリー小説を読むらしい。好きな作家が同じで、地味に嬉しかった）

二時間ほど、いただろうか。

「美味しかったですね！」

特に、スパニッシュオムレッツとエビのアヒージョが気に入ったと言う千鶴さん。

アヒージョは、オリーブオイルとニンニクで具を煮込んだスペインの鍋料理だ。

これが結構癖になる味で、スペインワインと良く合う。

また来たいですね、と話しながら、俺達は店を出た。

だが……

「あ……」

店の入り口の傘立てに置いておいた彼女の傘が、なくなっている。

先に帰った客の誰かが、持っていってしまったのだろう。

「うー……。コンビニで買ったやつだから別にいいけど……」

外に目をやると、雨がさっきより強くなっていて、しかもやむ気配がない。

「千鶴さん、嫌でなかったら一緒に入っていきませんか?」

俺は自分の傘を開いて言った。

「え……っ。でも、そんな！　悪いですし」

遠慮して、手をふるふると横に振る千鶴さん。

「恋人を濡らして帰すわけにはいきません」

俺は有無を言わさず、ぐいっと彼女の肩を抱いて自分の隣に引き寄せた。

「っ！」

「……少しだけ、我慢してもらえますか……？」

「えっ、あっ、あの……お……」

「お？」

お世話になります、と。小さく呟《つぶや》く彼女。

お世話に……って。千鶴さん……

なんだかおかしくて、俺はまた少しだけ笑ってしまった。

＊　＊　＊

ほ、ほあああああああああああああ!!

あ、相合傘《あいあいがさ》とか……!!

なにこの状況!!

せっかく美味《おい》しいスペイン料理を御馳走《ごちそう》になってご機嫌だったのに、帰ろうとしたら、傘立てに差しておいた私のビニール傘がなくなっていて。

確かにコンビニの安いビニール傘だけどさ！　今日買ったばっかりだったのに！

濡れて帰れってか！　人の傘を勝手に持っていく奴って、元の持ち主が濡れて帰ることとか考えないのかしら想像力ないのかしら!!　と憤慨《ふんがい》していたら。

「千鶴さん、嫌でなかったら一緒に入っていきませんか？」

って、まさかの申し出!!

そ、それはいわゆる相合傘《あいあいがさ》ですよね!!　って、驚愕《きょうがく》した私。

「え……っ。でも、そんな！　悪いですし」

そんなご面倒をおかけするなんて、とんでもない!!

大丈夫ですよ、この店から駅までそんなに距離ありませんし、あとは電車ですし。

最寄り駅に着いても、まだ雨が降ってたらまたコンビニとか駅の売店で傘買えますし。

そう思って、手をぶんぶんと横に振ったんだけど……

「恋人を濡らして帰すわけにはいきません」

「っ！」

ぐっと、抱き寄せられる身体。

触れ合う、肩。

ひっ、ひえええええええ!!

「……少しだけ、我慢してもらえますか……？」

ふぁ、ふぁい……。というか、あの……

「えっ、あっ、あの……お……」

「お？」

お世話になります……と、か細い声で呟《つぶや》く。
（な、なにこの状況……。なにこの至近距離……!!）
すぐ、傍《そば》で……
微《かす》かに、本当に微かに。
正宗さんが微笑《ほほえ》む気配が、した……

雨は歌うように、ぽとりぽとりと傘を叩く。
私の歩調に合わせて、ゆっくりと歩く正宗さん。
二人で使うには、少しだけ小さい傘。
ちらりと見上げると、彼の肩が少し雨に濡れていた。
私の方は……無事。
「あ……あの……」
もっと傘を、正宗さん側に寄せてもらっても……
私なんて、入れてもらってるだけでも有難いので、多少濡れても別に……
そう言いたくて、正宗さんの顔を見つめたら、眼鏡越しに視線と視線が重なって。
「……っく」
ハートが……ハートが打ち抜かれる!!

「……？」

「あ……あの……」

か……傘……。肩……。正宗さん……濡れて……

あううう。言葉が、言葉が出て来ない……!!

ああ顔、顔真っ赤だよ自分……!! 恥ずかしい!! 林檎《りんご》ほっぺとか恥ずかしい!!

「…………」

私は結局何も言えず、雨でびしゃびしゃの地面を見ながら。

そして時折、正宗さんの端整な横顔を見ながら。

夜の街を、歩いたのでした。

プロポーズ大作戦

千鶴さんに、プロポーズしようと思う。

出会ってまだ三ヶ月。早すぎるのではないかと思われるかもしれないが……

彼女に会う度に、俺は思うのだ。

この人に、ずっと傍《そば》にいてほしい。

この人となら、俺は温かな家庭を築いていけるのではないか……と。

だからこそ、結婚を前提に交際を続けてきた。

あとは、俺から彼女にはっきりとしたプロポーズの言葉を……と思ってはいるのだが、具体的には、どうしたものか……

女性にとって、プロポーズの言葉やシチュエーションはとても重要なものらしい。以前、同僚の女性職員方が飲み会の席で愚痴《ぐち》を零《こぼ》していた。（彼女達は俺より十から二十ほど年上で、全員既婚である）

曰《いわ》く、「はっきりとした言葉をもらえなかった」「ちっともロマンチックじゃなかった」など。

そんな意見を聞くと、どうしても慎重になってしまう。

「プロポーズぅ⁉」

八月のある日の夜。

いつものように幸村が家に泊まりに来て、一緒に酒を飲んでいる時だった。

俺はついぽろっと、千鶴さんへプロポーズしようと思っているのだが、具体的にどうしたらいいのかわからず悩んでいる、ということを話してしまった。

幸村は目を見開き、奇妙な物でも見るような目で俺を見る。

失礼な。

俺がこういうことで悩むのが、そんなに意外か。

「え？　えええええ？　早くね？　ちょ、お前そのコと出会ったの確か三ヶ月前……」

「だからどうした」

重要なのは、一緒に過ごした時間の長さじゃない。

それを教えてくれたのは、千鶴さんだ。

彼女を妻にしたい。家族になってほしい。

千鶴さんとなら、俺は……

「うーわー。俺、お前がスピード婚するとは夢にも思わなかったわ～。なに、そんなにイイ女なの？」

　イイ女……と、いうよりは……

「……可愛い人だよ」

「ぶはっ‼　お前が付き合ってる女をそんな風に言うの、初めて聞いたー‼」

「…………うるさい」

　やっぱり、こいつに相談したのが間違いだった。

　俺が不快も露《あら》わにグラスに入った日本酒を飲み干すと、幸村が慌てて「ま、まあまあ」と言ってくる。

「親友の幸せのために、俺が一肌脱いでやろうじゃないの！」

「…………………」

「そーだなあ……。ベタだけど、夜景の綺麗な公園に行く。で、ベンチに二人で座って、星を見上げる。そこでお前がある星を指差し、『君にあの星をプレゼントするよ』と言うわけ」

「星をプレゼント？　ああ、星の命名権でも買うのか？」

「馬鹿‼　違うよ‼」

「……………？」

「お前の手には、星みたいにキラキラ輝く宝石のついた婚約指輪が握られてんの‼

んで、それをプレゼントして、『この星を君にあげる。俺と結婚して下さい』とか言うんだよ!!」

なるほど。星に見立てた指輪をプレゼント、か。

女性はそういうロマンチックなことが好き……なのだろうな。

しかし、俺は……

「……千鶴さんの指のサイズ、知らないんだが……」

「…………………」

「…………………」

「………はいっ。サプライズで指輪プレゼント作戦は無理ー!!」

……指輪、か。そうか、婚約指輪が必要なんだよな。すっかり失念していた。

だが、俺が勝手に選んでしまうよりも、彼女の好きなものをつけてもらいたい。

もし彼女が俺のプロポーズを受けてくれるなら、一緒に指輪を買いに行こう。そう思った。

「あとは……。うーん。ちょっと古いけど、相手の手料理を食べてる時に、『一生君の作った味噌汁が飲みたい。俺と結婚して下さい』とか?」

「千鶴さんの手料理……」

食べたことはない……けど。

そうか。もし彼女と結婚したら、一生彼女の作った料理を食べられるのか。

そう考えると、思わず頬が緩《ゆる》んでしまう。

「……ちょっと、なにその緩んだデレ顔。うわ、なんかむかついてきたー」

「幸せについて考えていた」

「っ!! むかつく!! なにそれむかつく!! どーせ俺は一生そんな幸せにはありつけないよ!! あいつが俺に料理を作ってくれるなんて、天地がひっくり返ったってありえないもんね!!」

「……千鶴さんの味噌汁、か……」

「っかー!! 聞けよ馬鹿!! 俺の悩みを聞けよもう!! お前なんかドン引かれるくらいの高級レストランで、大衆の面前でスポットライト浴びながらプロポーズして、相手が断りにくいじゃんこれ、断ったら最低じゃんみたいな状況で無理やりオッケーもらって、他の客達の拍手喝采《かっさい》浴びながら恥ずかしい時間を過ごせばいいんだよ、馬鹿野郎!!」

「……高級レストラン、か」

幸村が言うような演出はちょっと……。千鶴さん、目立つのが苦手なようだし。

だが、高級レストランで、というのは結構良いかもしれない。

いつもとはちょっと違う特別な場所で。

彼女の思い出に残るような良い雰囲気の店で、素直な想いを伝えよう。

＊＊＊

いつものように、メールで待ち合わせした場所に私は向かった。

今日は普段よりお洒落《しゃれ》に気合いが入っている。

なにせ、今日のデートの場所は高級レストラン……なのだ。

正宗さんから、このレストランで夕食をと誘われて、そのレストランのホームページを見た私はぎょっとした。（ちなみに私は小心者なので、お食事デートの前に下調べは欠かさないのだ。服を選ぶ参考にするのである。浮きたくないからね……っ）

こ……ここ、明らかに高級レストランですよね⁉　今までのデートでも、雰囲気の良いレストランに連れて行ってもらったりしたことはあったけど、ここはちょっと服装に気を遣いますよ……って。

ま……まさかこれは……あのフラグ……ですか⁉

と、内心びくびくしつつ選んだのは、涼しげな紺色の薄手の生地で仕立ててある、ドット柄のレトロなデザインのワンピース。そして足元にはオープントゥのパンプス。ヒールは履き慣れていないんだけど、これを履くと背筋がピンと伸びる気がするからね。

髪は簡単に纏《まと》めて、ピアスとネックレスは派手すぎない物を。

お化粧も、ケバすぎず薄すぎず……で、武装は完璧。

でも……。これ………

き……気合い入りすぎって、引かれる……⁉　引かれるかな……っ⁉

これで取り越し苦労ってやつだったら……、私……、私……

恥ずかしくて、死ねるな‼


待ち合わせ場所に現れた正宗さんは、真っ黒なスーツを着ていた。

おおう……っ。黒髪眼鏡に黒スーツ……っ‼　なんて美味《おい》しい組み合わせだろう。

その、かっちり締められたネクタイを荒い息を吐きながら自分で解《ほど》いて、受けキャラに迫ってほし……って‼

そこで相手が自分じゃないとかどんだけ腐ってるんだ自分……っ‼

私の馬鹿野郎‼　こんな時まで腐妄想とか‼

そ、それにしても……。正宗さんがいつものデートの時とちょっと雰囲気が違う気がするのは気のせい……だろうか。

私、意識しすぎ⁉　デート先が高級レストランだからって、フラグを意識しすぎなのかな⁉

初めて入ったこのレストランは、とても落ち着いた雰囲気の店だった。

カウンター席とテーブル席があり、テーブル席の方は照明が少し暗めになっている。

テーブルの上に置かれた、小さなキャンドルの灯りが綺麗だった。

客の会話の邪魔にならないように、ほど良いボリュームで場を演出してくれるクラシック音楽。

店内には大きなグランドピアノがあるから、時折ここで生演奏が行われるのだろう。

私みたいな一般人には場違いな高級感が漂《ただよ》っていて、恐縮しきりだよ!

テーブル席に案内され、店員さんがさっと椅子を引いて私を座らせてくれた。

大きなガラス窓の傍《そば》のテーブル席で、窓からは綺麗な夜景が見える。

すごくロマンチックで、すごくドキドキした。

夜景の見えるレストランって、やっぱり……

いやいやいや!! ま、まだわかんないぞ……

「……何がいいですか? 千鶴さん」

「………ええっと……ぉ……」

や、やばい!!

メニューを見ても全然頭に入ってこなくて、結局正宗さんにお任せしてしまった。

まずは運ばれてきた食前酒で乾杯。

そして料理に口をつける。

いつも通り、言葉少ない食事だ。けれどいつもなら美味《おい》しいーって、顔をにやにやさせちゃうような料理も、今日はあんまり味がわからない。

もし、本当にその……今日がその日だとしたら……

あ、あくまで仮定ね!! 仮定の、話……

……いつ……言ってくれるんだろう。どんな風に、言ってくれるんだろう……

私は、なんて答えたらいいのかな……

そんな風にぐるぐる考えているうちに、私はメインディッシュの肉料理を細切れにしていたようで、慌てて口に運んだ。うう……、味、しない。

(はっ!!)

ま、まさかとは思うけど、こう……、いきなり店内の照明が落とされて。ここのテーブルだけスポットライトが当たって。

お客さんや店員さん達が見守る中、プロポーズ!! そして、私が「はい」とか言ったら途端に拍手喝采《かっさい》!! で、サプライズで花火のついたケーキが運ばれてくる……とか?

いやいやいやいやいや!! 正宗さんはそんな派手なことをするタイプじゃない。そ、それに、そういうのはちょっと、は、恥ずかしいので勘弁。

「……千鶴さん?」

「うぁはいっ⁉」

ぼーっと、お肉を食べ終わったお皿をじーっと見ていたら、正宗さんに名前を呼ばれた。

こ、これはまさかついに……⁉　と思ったけど、正宗さんは大丈夫ですか？　と言いたげな視線を向けてくるだけ。

な、なーんだ。プロポーズじゃないのか……って、はうあっ‼

食べ終わったお皿をぼーっと見てるなんて、まるで私これじゃ足りてないみたいじゃないか‼

ち、違いますよ正宗さん‼　もう、胸いっぱいお腹いっぱいですよ‼

でも上手く言えなくて、せめて笑ってごまかそうとしたんだけど上手く笑えなくて、にへら……とした笑いになってしまう。うわあ……、私、なんて残念な女なんだ。

結局、食後のデザートの時間になっても、正宗さんは何も言ってくれなかった。

ガラスのお皿に綺麗にデコレーションされたフルーツとアイス。それにチョコレート。すっごく美味《おい》しそう……なのに、ちっとも美味しく感じられなくて、まるで雪と砂を食べているかのよう。

私、嫌な奴だ。

こんなに高い料理を御馳走《ごちそう》してもらっているのに、美味しいって、思えない。

プロポーズしてもらえるんじゃないかと勝手に期待して、それがないからって、本当に……嫌な、女。

＊＊＊

俺は幸村から「ここは味も店員の質も雰囲気も良いって評判だよ」と勧められたレストランに予約を入れた。

仕事用の物とは違う、この日のために買ったスーツを身に纏《まと》って待ち合わせの場所へ向かうと、千鶴さんは可愛らしいワンピース姿で待っていてくれた。

ヒールのある靴を履いているせいか、いつもより少しだけ目線が高い。

惚れた欲目なのか、これからプロポーズをするという緊張のせいなのか、いつもより彼女が綺麗に見えて、俺は胸が脈打つのを感じた。

レストランは、幸村の言った通り雰囲気の良い店だった。

電話で予約した時に希望した、窓際の席に案内される。

高級な雰囲気に緊張しているらしい千鶴さんが初々《ういうい》しくて、自然と口元が緩《ゆる》む。

「……何がいいですか？　千鶴さん」

何を食べたいか尋ねると、小さな声で、「正宗さんにお任せします……」と言われた。

こんなことでと思われるかもしれないが、彼女に頼られるのは嬉しい。

それじゃあ、コース料理のメインは肉にしてもらおう。今日の肉料理は、柔らかい仔羊のステーキか……。「羊肉、大丈夫ですか？」と問うと、千鶴さんは小さくこくん、と頷《うなず》く。可愛い。

「……ええっと……お……」

注文を終えると、店員が一礼して去っていく。

食前酒が運ばれてくるまで、俺達は互いに無言だった。

俺は俺で緊張していたし、千鶴さんもいつもより大人しい。もしかして、俺の緊張がうつっているのだろうかと思うくらい。

それは食前酒が運ばれて来てからも、料理が運ばれて来てからも変わらなかった。

千鶴さんはどこか浮かない顔で料理を口に運んでいる。

いつもなら、「美味《おい》しい！」と笑みを浮かべる彼女が、ただ黙々と料理を口にする様子に、俺は心配になった。

これはプロポーズどころではない。もしかして、千鶴さんはどこか体調が悪いのではないだろうか。

俺がこんな高級店を予約したせいで、本当は具合が悪かったのに断れず、無理をして来てくれたのかもしれない。

「……千鶴さん？」

「うぁはいっ⁉」

思わず彼女の名を呼ぶと、千鶴さんは驚いたように俺を見る。

ぼうっとしていたようだ。やはり、体調が悪いのか……？

だが彼女は心配いりません、とでも言いたげに、力なく微笑《ほほえ》む。

……プロポーズは、残念だが見送ろう。今日はとにかく、早く彼女を帰らせよう。

そう思って、俺は彼女の様子を窺《うかが》いながら、料理を口に運ぶ。

評判通りの美味《うま》い料理。

なのに何故だろう、こんなにも味気なく感じてしまうのは。

＊　＊　＊

食事を終えて、私達はレストランを出た。

私は沈んだ気持ちを隠そうとしてたけど、隠し切れてなかったらしい。

正宗さんが気遣わしげにこちらを見てくるのがまた、申し訳なかった。

二人で夜の街を歩いて、タクシー乗り場に向かう。

きっと私をタクシーに乗せた正宗さんが「それじゃあまた」って言って、いつものようにデートは終わる。

そうだよ。これはいつものデートだったんだ。

ただ奮発して高級レストランに連れて行ってくれただけ。

フラグなんて、最初からなかったんだ。

大丈夫。家に帰って大好きなBL小説を読んで眠ったら、またいつもの私に戻れる。

いつもの、正宗さんの前で笑っていられる自分に戻れる。

「……千鶴さん」

タクシー乗り場が見えてきた。

そんな時、隣を歩く正宗さんが立ち止まって、私の名を呼んだ。

私も自然と歩みを止める。

な、なんだろう……。正宗さんの声が硬い。

もしかして、正宗さん不快に思ってる⁉

だ、だよね。せっかく奮発してくれたのに、私、ろくに笑いもせず無言で……か、感じ悪いっ‼

あ、呆れられたかなあ……。き、嫌われたかなあ……

やっぱり、私なんかにリアルイケメンとの恋愛なんて、む……

「……結婚、してくれませんか？」

「……むり……って、えええええええええええええええええええ!?」

ま、まさかのタイミング!!

レストランでシャンパングラスに指輪……とかでもなく、デザートのケーキの中に指輪、でもなく。夜景を前にプロポーズ、でもなく。

こんな街中で。こんな土壇場《どたんば》で。

『結婚してくれませんか？』って、えええええええええええええええ!!

予想外!!

っていうか、はっ!!

私、思わず無理って言……って、ああああああああああ!!

正宗さんがしょぼーんとしてる。見た目にはあまり表れてないけど、オーラが、負のオーラが!!

「ええっと、違います!!　今のは考え事してて、それで思わず無理って、あの、プロポーズの返事じゃありません!!　無理じゃありません!!」

「…………そう、でしたか」

良かった、と胸を撫《な》で下ろす正宗さん。

ま、マジですか……

フラグなんてなかったよ!! と思ってたけど、あったんですか。

やっぱりあったんですか!!

そして、あの、私……

い、いいいいいい今。プ、プロポーズされ……っ!!

「……出会って間もないのに、と思われるかもしれません。俺達はまだ、お互いに知らないことが多い。でも、千鶴さんとなら……」

「………………」

「幸せな家庭が築けると、思ったんです。……千鶴さん」

「ふぁ、ふぁい!!」

「俺と結婚して下さい。あなたのことを、守らせて下さい」

「……っ!!」

ぶわっと、涙が溢れた。

道行くお洒落《しゃれ》カップル達が、「あれ、プロポーズじゃない？」とヒソヒソ話しながら遠巻きにこっちを見てる。

ええい、黙れリア充共。私は、私は今……

一生に一度の、人生の岐路《きろ》に立っているんだ……っ!!

正宗さんはじっと私を見つめている。

私の答えを、待っている。

「……わ、私……、私……をっ」

私はいてもたってもいられず、正宗さんに抱きついた。

ぽす……っ、なんて可愛いもんじゃない。勢い余ってどすっといった。牛か!!

でも、顔を見られたくなかったんだ!!

こんな泣き顔、見ないで下さい!!　絶対ぶさいくなんで!!

そ、それに……

こんな言葉、正宗さんの顔を直視して言えない……っ!!

「正宗さんの、お嫁さんにして下さい……っ」

正宗さんは、「はい」と言ってくれて……

「幸せにします」と、言ってくれた。

抱き締めて、くれた……

うあああああああ!!　恥ずかしい!!　今思うと恥ずかしい!!　公衆の面前ですよ!!

そ、それから私達は一緒にタクシーで私の家に行って、私の両親に結婚の報告をしました。

両親は、嫁き遅《いおく》れを心配していた娘がまさかイケメン高校教師とスピード婚するとは思っていなくて（そりゃそうだ。私だってびっくりしている）、とても驚いた顔をしていたけど。

両親の前で床に手をついて、頭を下げて、

「娘さんを下さい」

って言ってくれた正宗さんに逆に恐縮して、「むしろすみません」とか言っちゃって。

（「むしろすみません」ってどういうことよ!!　そこは嘘でも、「お前にうちの娘はやらーん!!」とか言ってほしかったよお父さん!!）

＊＊＊

千鶴さんのご両親に会い、俺は一人で家に戻った。

……まだ、心臓がドキドキしている。

（……プロポーズした、んだよな）

そして彼女に、千鶴さんに応えてもらった。

千鶴さんの両親に会って、頭を下げて、結婚の許しも請《こ》うた。

なのにまだ、実感が湧かない。

なんだか、夢を……。そう、夢を見ているような気がするのだ。

（夢じゃ……ない、よな……）

俺は冷蔵庫からミネラルウォーターのボトルを取り出すと、キャップを開けて一口飲んだ。

「……はぁ」

思っていた以上に喉《のど》が渇いていたらしい。あっという間に飲み干すと、軽く潰してゴミ箱に捨てた。

そして俺は、今夜のことが夢じゃないんだと確かめるように、自分がプロポーズした時のことを思い返す。


食事を終えて、俺達はレストランを出た。

千鶴さんは、どこか落ち込んでいるように見えた。

料理は無理をしたのか、綺麗に平らげていたが……

本当は具合が悪いのではないかと、ついつい様子を窺《うかが》ってしまう。

夜の街を並んで歩いた。

この先に、タクシー乗り場がある。そこで彼女をタクシーに乗せて、家に帰らせて、俺は一人家に帰る。

誰もいない家に。

そう思うと、何故か、たまらなくなった。

タクシー乗り場が見えてきた時、俺は立ち止まって、彼女の名を呼ぶ。

「……千鶴さん」

そして、ぽろっと言ってしまったのだ。

「……結婚、してくれませんか?」

「……むり……って、ええええええええええええええええええええええ!!」

そ、即行……、断られた……

無理……か。そうだよな。

出会ってまだ三ヶ月しか経っていない男に、こんな雰囲気もへったくれもない街中で突然「結婚してくれ」と言われても、困る……よな。

気を落としていたら、千鶴さんが慌てた様子で手を横に振った。

「ええっと、違います!! 今のは考え事してて、それで思わず無理って、あの、プロポーズの返事じゃありません!! 無理じゃありません!!」

「………そう、でしたか」

良かった、と思わず胸を撫《な》で下ろす。

断られたわけではなかったのか。良かった。本当に、良かった。

「……出会って間もないのに、と思われるかもしれません。俺達はまだ、お互いに知らないことが多い。でも、千鶴さんとなら……」

「…………………」

「幸せな家庭が築けると、思ったんです。……千鶴さん」

「ふぁ、ふぁい!!」

「俺と結婚して下さい。あなたのことを、守らせて下さい」

それは素直な、俺の正直な気持ちだった。

彼女の心を蕩《とろ》けさせるような、甘い言葉は吐けない。

俺なりの、精一杯の、率直な……プロポーズの言葉。

「…………」

彼女の大きな瞳から、涙が溢れてくる。

それは、困惑の涙ですか……？

それとも、俺はその涙を良い方に解釈してもいいんですか……？

俺はじっと彼女の言葉を待った。

「……わ、私……、私……をっ」

ぽすん、と。

胸に飛び込んでくる、小さな身体。

「正宗さんの、お嫁さんにして下さい……っ」

俺は「はい」と即答し、「幸せにします」と言って、彼女の身体を抱き締めた。


それから俺達は、タクシーに乗って彼女の家に向かった。

体調の悪そうな彼女を送って、ご両親に結婚の報告をしよう、と思ったのだ。

だが、千鶴さんは体調が悪かったわけではないらしい。

恥ずかしそうに俯《うつむ》きながら、「その……。もしかして、プロポーズしてもらえるのかなって、いつしてくれるのかなって、思ってたら、緊張しちゃって……」と、小さく呟《つぶや》く千鶴さん。

その初々《ういうい》しい様子に、思わず口元が笑んでしまった。

ああ、意識してくれていたんだなあ、と。

俺達は互いに意識するあまり、ぎこちなくなってしまっていたんだな。

「……あの店でプロポーズした方が、良かったですか……?」

夜景の見える、あの席で。

そう問うと、彼女は、

「……えと。その……。私はどこでも、嬉しいです。一生、忘れません」

街中で、突発的に言ってしまったプロポーズに対してそう言ってくれた。

俺も、一生忘れません。

あなたが俺を受け入れてくれた瞬間を。


緊張しながら彼女の家に入ると、ご両親は驚いた顔で俺を迎え入れてくれた。

そして、ご両親の前で床に手をつき、頭を下げ、

「娘さんを下さい」

と言った。

突然の申し出ゆえ、反対されることも覚悟していた。

特にお義父《とう》さんは、大切な娘さんを手放すことになるのだ。殴られることも覚悟していたのだが……

優しそうで穏やかそうなお義父さんは、何故か恐縮したように「むしろすみません」

と頭を下げた。

そして千鶴さんが、「お父さん！」と声を上げて。

お義母《かあ》さんが、面白おかしそうに笑っていて。

温かな家族だと思った。千鶴さんを育《はぐく》んだ、温かな家庭。

つい一時間ほど前のことを思い出して、自然と顔が緩《ゆる》む。

あんな家庭を俺も築いていきたい。
千鶴さんと、一緒に。

まさかの疑惑

今年の五月。突然のお見合いで知り合った、柏木正宗さん。

それから数度のデートを経て、結婚を前提にお付き合いすることになり……

八月には、夜景の見えるレストラン……ではなくその帰り道でまさかのプロポーズ！

をしていただきまして……

めでたく、婚約者と……なりました。こんやくしゃ。

ま、まだ慣れないよこの響きっ……

そして九月のお月様が綺麗に輝く夜。

私はちょっと良い服を着て、正宗さんとの待ち合わせの場所へ向かった。

正宗さんの学生時代からのお友達で、今の職場の同僚でもある人を紹介してくれるんだって。

お友達を紹介……かあ。

私の友達に正宗さんを紹介したら、何をされるかわかったもんじゃないな。

予想その一。正宗さんをモデルにした、ＢＬ小説および漫画を書（描）かれる。

予想その二。それをネットで公開される。

予想その三。それを本にされてイベントで販売される。

予想その四。コスプレ……って、ああもう!! 考えるだに、恐ろしい!!

しかし、正宗さんのお友達かあ。

話には聞いたことあるけど、いったいどんな人だろう？

正宗さん、あんまり多くを語ってくれない人だからなぁ。

色々想像しながら待ち合わせの場所で正宗さんと合流して、お店へ向かった。

どんなお店なのかは聞いていない。イタリアンかな。フレンチ？ それとも……

――って、ほわああああ!!

こ、こここここ料亭じゃないですか!!

しかもめっちゃ高そう!! いかにも、政治家とか大企業の社長とかが密談に使ってそう!!

建物がもう、文化遺産みたいな外観だし!!

お店の入り口には、年季の入った看板に『朧月亭』の文字。

なんて読むのかな……。おぼろづきてい？ ろうげつてい？

「『ろうげつてい』と読みます」

「!!」

考えてること……バレバレでしたか。

正宗さんと並んで中に入る。

今日は私達の結婚のお祝いってことで、そのお友達さんが御馳走《ごちそう》してくれるらしいんだけど……

た、高いよこれ絶対!! しかも、案内された先が離れの座敷って!!

「千鶴さん?」

緊張している私に気付いたのか、正宗さんが声をかけてくれる。

うう……、正宗さんのお友達っていったい何者なんですかあ……

私の友達なんて、結婚祝いにカラオケで飲み会してくれたくらいですよ。

しかも奴ら、ネタソングで人をからかってくるし～!!

ま、まあ……。家に帰ったらちゃんとした結婚祝い（圧力鍋）が届いてて、すごく嬉しかったんだけど。

「え、えーと。すごく雰囲気の良いお店ですね!」

なんか、明治時代の文豪とかが逗留《とうりゅう》してそうな雰囲気だ。

最初に出迎えてくれた女将《おかみ》さんも、小説に出てきそうなくらい綺麗な人で。きっちりと纏《まと》め上げられた髪、粋《いき》に着こなした着物が素敵だったなあ。

仲居さん達も感じ良かったし。
お店の雰囲気もすごく好き!! とっても素敵!!
でも高級そう……。私、場違いじゃないですかね?
「俺も数回しか来たことはないんですが、ここは幸村の……友人の行きつけなんです」
い、行きつけえええ!?
こんな高級料亭が行きつけええ!?
ますます正体不明の正宗さんのお友達さん。
私立高校の養護《ようご》教諭って、そんなにお給料もらってるんですかあああ!?
混乱しつつも、離れの座敷へ。
雪見窓のある障子戸を開ければ、中には……
「おっそーい!! 待ちくたびれて、もう飲んでるよ～」
およそこの高級料亭の座敷に似つかわしくない、少しチャラッとした雰囲気の男性が、
だらしなく座椅子にもたれかかっていた。
「!?」
こ、この人が正宗さんのお友達……!?
にっこぉーと。愛想良く緩《ゆる》んだ顔。
無造作に伸ばした、柔らかそうな茶色の髪。

その人、幸村真《まこと》さんはゆっくりと立ち上がって、正宗さんの肩に腕を絡める。

「お、このコが噂の『千鶴さん』？　はじめましてぇ。俺、幸村真っていいますぅ。あ、俺のことは好きに呼んでね」

今日は俺の奢《おご》りだから、いっぱい食べてねぇ、と言う幸村先生。

好きに呼んで……か。

実は、最初に正宗さんから幸村先生の話を聞いて以来……（養護教諭をやってるとか、正宗さんが学校では彼を『幸村先生』と呼んでいる、とか）すでに心の中では『幸村先生』って、呼んでたんだよねぇ。

イメージしていた幸村先生とは違うけど、そうか……。この人が正宗さんのお友達の、幸村先生なのか。

幸村先生は、正宗さんに寄りかかってにやにやしている。

そして、迷惑そうな顔の正宗さん。

……………………イイ!!

正宗さんもイケメンだけど、イケメンの友達はやっぱりイケメンなのか!!

リア充の友達はやっぱりリア充なのか!!

これが格差社会ってやつなのか!!（違う!!）

でもいいのです。だって……

「……離れろ、鬱陶《うっとう》しい」

「つれなーい。ぶーぶー」

イケメンとイケメンのツーショットってだけで、萌えますから!!

席に着いた私達の前に運ばれてきたのは、綺麗な陶器のお皿に盛りつけられた、すっごく綺麗ですっごく美味《おい》しそうな料理の数々。

ふ、ふおおおおお!!

こんな綺麗に盛りつけられたお刺身、見たことない!!

フランス料理は目でも楽しむものだってよく聞くけど、和食もぜんっぜん、負けてないわ!!

きれーい!! うつくしーい!! おいしーい!! と心の中で絶賛しながら、向かい側の正宗さんと幸村先生をちら見する。

「………もっと飲む?」

「まだ、いい」

きゃあああああああああ!! 萌え!! 萌え!!

幸村先生は、どうやらスキンシップの激しい人らしい。

正宗さんにくっついて、まだお酒の入ってるお猪口《ちょこ》にさらにお酒を注《つ》ごうとして。

「うるさい」

怒られてるううう!! そんなやりとりすら萌えるんですけど!!

はあ……。料理も嬉しいけど、何よりのお祝いは、この二人の姿だわ〜。鼻血噴きそう。

「……っと」

鼻血は出ないけど、ちょっとトイレに行きたくなっちゃった。

私は二人に「すみません、ちょっと……」と声をかけて（さすがに「トイレ行ってきまーす」とは言えなかったけど、二人は察してくれたらしい）座敷を出た。

どうぞ思う存分いちゃいちゃしてて下さい!!

そんなことを思いながら、私は来た道を戻った。

でも案の定、迷いまして……。（古いお屋敷を改造したこのお店は、中が入り組んでいてわかりにくいんです!!）

お店の人にトイレまで連れてってもらいました。（は、恥ずかしかったぁ……）

それで、ちょっと戻るのが遅くなったんだけど……

私はそーっと、少しだけ障子を開けて中を窺《うかが》う。

二人はまだ、私が戻って来たことに気付いていない。

と……いうか……

そこには、私が席を立った時よりもずっと親密な空気が漂《ただよ》っていたのです……!!

（ほわあああぁ!!）

「本当に、結婚するんだねぇ……」

「…………」

「……なんか、言ってよ」

「…………お前が」

正宗さんは空のお猪口《ちょこ》を持つ指に力を込め、辛そうに吐き捨てる。

「そうしろって、言ったんだろ……」

ズキン、と痛くなる胸。

幸村先生が言ったから、私と結婚する……？

それって、どういうこと……？

でも、二人は私以上に辛そうな顔をしていて……

「普通に女の人と結婚して、幸せになれ、って。お前が……」

「正宗……。だって、俺は……」

お前に幸せになってほしいんだよ。

普通の幸せを掴んでほしいんだ……

そんな彼の心の叫びが聞こえてくるようだった。

「…………………っ」

「ごめん……。俺には、もう……お前の幸せを願う権利も、ないんだよな……」

辛そう……。二人とも……

そうか。二人は想い合ってるんだね……。私は、たぶん二人の関係のカモフラージュで選ばれたんだ……

でも、いいの……。私、私……

二人が幸せになれるなら……、お飾りの妻でもかまわない。

二人が……

たまに、その仲の良い姿を見せて萌えさせてくれるなら……っ。

（ふへっ）

なーんて。

（我ながら、すごい妄想だわ……）

無言でお酒を飲んでる二人を見て、ついつい妄想しちゃった。フゥー。

おっと。ついつい、よだれが。

あ。実際には、二人はそんな会話なんてしてないです。

ぜんぶ私の妄想です。反省はしてません。ごめんなさい。

だって、ザ・高級料亭!! そこで静かに並んでお酒を飲むイケメン二人!! ときたら、そりゃあもうね。

あることないことアフレコしちゃいますよね、心の中で。

なんて、一人喜びを噛み締めていたら……さっと障子戸が開いて。

「千鶴さん……?」

目の前には、怪訝《けげん》そうな顔をした正宗さん。

や、やっべえええええ!! 覗《のぞ》いてたなんて知られたら、さすがに引かれる!! ドン引かれる!!

私は慌てて、脳みそフル回転で言い訳を考えた。

「あっ、すっ、すみません。つい……」

つい、お二人の姿に萌えていたんですけれども!!

「ここから見えるお庭の風景に、みっ、見惚《みほ》れてまして……」

ほら！ と。

私は背後に広がるお庭を指差す。

う、嘘じゃないぞおお。今、今見惚れてますから!!

石燈籠《いしどうろう》の灯りに照らされるお庭。……本当に、すっごく、風情《ふぜい》があって綺麗だから。

夜空にかかっている、満月も……

春になれば、このお店の名前と同じ『朧月《おぼろづき》』が見えるかなって。

見れたら、素敵だなって思えるお庭で……

「つ、ついつい……、ぼうっと」

してました……。ハハハハ。

我ながら苦しい言い訳をしちまったあああ!!　と思ったけど、正宗さんは静かに息を吐いて、その、まるで……

いたずらした猫を見るような慈愛の瞳で、ですね。

私を見つめて下さるので……

「っ……」

カアアアアアっと、顔が赤くなってしまったのです。（だって正宗さんの微笑は破壊力が!!　最終兵器並みですから!!）

そして私はすごすごと、自分の席に戻りました。

それからは、大人しくお料理を食べながら、また二人を見てにやにやして。

ドキドキしつつも、眼福《がんぷく》な一夜でございました!!

ちなみにこのお店、実は幸村先生の恋人さんの家なんだって。

あとからその話を聞いて、さらにびっくり!!

「幸村先生の恋人さんって、どんな人なんですか？」

好奇心を抑えきれず、私は正宗さんにそう聞いたんだけど……

「…………」

正宗さんは、困ったような顔をするだけで。

「…………いつか、お話しします」

と、意味深なことを言った。

よ、余計気になるー!!

異心転心

五月にお見合いで出会った正宗さんと式を挙げたのは、その年の十一月のこと。

本当は式なんて挙げなくても……。ああ、でもウエディングドレスは着たいから写真だけは……なんて思っていた私ではあるが……

正宗さんの職場である私立高校の学園長から、「式は是非やってくれ！　知り合いの式場で、ちょうど空きが出たんだ！　費用も格安になるから！」と熱く勧められて……、ですね。

（……な、なんでもこの学園長の、「仲人《なこうど》をやりたい！」という熱い思いがそもそも私達の出会いのきっかけになったのだから、恩があると言いますか、なんと言いますか……）

披露宴をやらないわけにはいかなくなったのです。

費用が安くなるのは魅力的だったけど、準備期間が短いのは……大変だった。

式の演出等々は、元々あまり希望がなかったから、少ない選択肢の中から選んでいくのはそんなに苦労しなかった。

まぁ、途中何度か「メンドクセー!!」と投げ出したくなることもあったけど、なんとか慌ただしい式の準備を経て、私達は無事挙式&披露宴を終えました。

そして間を置かず、その翌日から――

京都に、やって来ました!! 新婚旅行です!! イエーイ!!

京都だよ京都。古《いにしえ》の都、京都!! 歴史、和風好きの聖地!!

時期的にも最高!! 紅葉が綺麗な季節です。

高校の時、修学旅行で来たんだけどねえ……。京都は、集団行動では堪能《たんのう》しきれないですよ。時間も足りないし。一度ゆっくり観光してみたかったんだ。

それに、正宗さんも好きだしね京都。高校で日本史を教えている正宗さんは、特に幕末が好きなのだそうです。私も好きです!! 新撰組も攘夷《じょうい》派も!!

それで、京都の旅館に宿泊してのんびり京都観光……と相成《あいな》ったわけですが。

私は馬鹿だ。大馬鹿者だ。

目先の餌《えさ》(京都の史跡はやっぱりすごかった!! もう大興奮。ああ、今から数百年前に彼らがここにいたのね……みたいなね。感動がね。それに美味《おい》しいものもいっぱい。和風スイーツにはテンション上がりまくり! あと夕食に出た湯豆腐も湯葉《ゆば》も美味しかった!!)に目が眩《くら》んで、すっかり忘れていたのだ。

新婚旅行初日の夜。つまり今夜が……

初夜!!　だってことにね。

ちなみに私が正宗さんと一緒に暮らすのは、旅行から帰ってからの予定だ。

そして、昨夜は式と二次会の疲れもあり、翌日（つまり今日）の移動のことも考えて、ホテルですぐに寝ちゃったのである。（もちろんベッドは別でした！）

だから今夜が、夫婦で過ごす最初の夜ですよ!!　しょ、初夜ですよ!!

んなもんとっくに一線越えてんだろ、と思うなかれ。

私達、まだ清い仲ですから!!

正宗さんは、誠実な人なんです。

ちゃんと婚姻を結ぶまでは、手は出しませんって人なんです。

チキンな私は、それですっかり安心しきっていたのだが。

もう、結婚しちゃったし。やっぱり、初夜にその……身体も結ばれるって展開ですかね!!

そう意識し始めたら、もうどうにも落ち着かなくなってしまって……

食後に二人で部屋に置かれていた八橋《やつはし》とお茶を楽しんでいたわけだけれども、ちっとも味がわからない。

そして、正宗さんに「風呂に行きますか？」って誘われても、

「わわわ私、内風呂で済ませるんで!!　ま、ままま正宗さんはどうぞ大浴場に!!」

って、半ば追い出すみたいになってしまった。

正宗さん、「なんだこいつ」って思ったかなあ……。思うよなあ……

この期に及んで「怖い」とか、いい歳してって思われるかなあ……

ええい……。腹をくくれ!!　くくるんだ千鶴!!

世の女人《にょにん》達が乗り越えてきたことじゃないか!!　何を今更!!　お前はもう柏木正宗のつ……妻っ!!　なんだぞ!!

「お客様、いらっしゃいますか？」

そう気合いを入れたところで、襖《ふすま》の向こうから声をかけられた。

返事をすると、年配の仲居さんが二人、「お布団を敷かせて頂きます」と、にこにこ顔で入ってきた。

そ、そうだった。食後にお布団出してくれるって言ってたっけ。

「お、お願いします……」

仲居さん二人は慣れた様子で机を片付け、押入れからお布団を出し、ひょいひょいと敷いていく。すごい早業だ……。しかも、シーツがピンと張っている……

思わず見入っていたら、仲居さんに、

「お客様、新婚さんですか？」

と聞かれた。

「え、は、はい。新婚旅行で」

「まあああ！　それじゃあ、今夜が楽しみねえ」

「旦那様は今お風呂に？」

「え、あ……えと……」

うわあああああ恥ずかしい‼　なんか恥ずかしい‼

顔を真っ赤にしてうろたえる私に、仲居さん達は「初々《ういうい》しいわあ」なんて言いながら去っていった。

そして改めて見ると、私達の布団はぴったりとくっついている。

「ひょっ……‼」

こ、これってやっぱり……

(今夜、やっちゃうんでしょ？　ってことだよね……。う、うわあああああ‼)

恥ずかしい‼　恥ずかしくて死ねる‼

なんて、私がここまでうろたえるのはですね。他でもない私が……しょ、処女だからなんですよ‼　しょうがないじゃん‼　ずっと二次元に恋してたんだし‼(逆ギレ)

はっ‼　そう言えば、私……

正宗さんに、「私処女なんです」って、言ってない……

＊＊＊

千鶴さんの様子がおかしい。

日中は楽しそうに観光していて、夕飯で出された京懐石にも目を輝かせて美味《おい》しそうに食べていたのに。

宿泊先を決める時、ここの旅館のホームページを見ながら「大浴場すごいですね!! 綺麗!! 入りたーい!!」と楽しみにしていたにもかかわらず、ここにきて突然「内風呂で済ませる」と言い出した。

もしかして、体調が悪いのだろうか……

俺の仕事の都合で、式から新婚旅行まで強行軍になってしまったから、疲れが出てしまったのかもしれない。

そう思うと心配でたまらず、広い大浴場の岩風呂もそこそこに、俺は早々と部屋に戻った。

部屋に戻ると、出る前は明るかった室内が薄暗くなっている。

間接照明のオレンジの光でわずかに照らされた室内には、すでにテーブルは片付けたのか、布団が敷いてある。

そしてよく見ると、その布団の上に蹲《うずくま》る人影が。

「千鶴さん⁉」

俺は慌てて灯《つ》りを点け、彼女の傍《そば》に駆け寄った。

しかし、照明に照らされた光景に、俺は目を見張ることになる。

「な、何をしているんですか……？」

彼女は、蹲っていたのではない。

何故か……

「………………」

土下座していたのだ。

「……千鶴さん？」

再度声をかける俺に、彼女はそのままの体勢で、

「……すみません」

と何故か謝ってくる。

「……？」

「実は、ですね……。正宗さんに、言っていないことがありまして……」

「…………？」

言っていないこと？

それがどうして、土下座に繋《つな》がるのだろう。

訳がわからず困惑する俺に、彼女は小さな声で。

本当に小さな声で。

「……私、経験がないんです」

と言った。

「……え？」

「だから、め、面倒をおかけします……」

「……面倒？」

何を言っているのだろうか、彼女は。

経験が、ない……

それは……

「……それはつまり、男性経験が、という意味ですか……？」

「っ!! ……………はい……」

そう問うと、彼女は消え入りそうな声で肯定した。

「千鶴さん……」

どうして、あなたは……

「それで、土下座していたんですか？」

「……はい。ご、ご迷惑をおかけするおわび……」

「千鶴さん!!」

思わず声を上げてしまい、彼女の小さな身体がびくっと震えた。

「どうしてそんなことを……。俺が、気にするとでも思ったんですか」

「……だ、だって……。処女は面倒だって言うじゃないですか……。それに、私、いい歳して……」

「俺はっ!!」

だから様子がおかしかったのか。

「そんなことは気にしません。むしろ……」

まさか、新婚旅行初日の夜。初夜の床で新妻に土下座されるとは思わなかった俺は……

「……嬉しい、ですよ」

そう言って、彼女の小さな身体を抱き締めた。

それは本心から出た言葉だ。

妻にと望んだ人の『初めての男』になれることに、俺は確かに喜びを感じていた。

＊＊＊

私はこれから正宗さんに抱かれるんだ……

不安と、羞恥心《しゅうちしん》と。

少しの期待と喜びで、胸の中がぐちゃぐちゃする。

元々着慣れていないのに、動揺していたせいで上手く帯を結べなかった浴衣。

襟元《えりもと》に正宗さんの手が伸びて、はだけられる瞬間。

（あっ!!）

私ははっとして、その手を掴んでしまった。

「千鶴さん……？」

こ、このままじゃまずい!!　せ、せめて……!!

「あ、明るいのは駄目ですっ!!　で、電気消して下さい……っ!!」

「…………」

「この明るさは無理ぃっ!!」

こんな、蛍光灯の真っ白な灯りの下で、自分の貧相な身体を晒《さら》すのなんて無理っ!!

しかも、調子に乗って京都グルメ堪能《たんのう》しちゃったからお腹がぽよよんだし!!

後生《ごしょう》ですからー‼　と、涙声で訴える。
こ、こればかりは譲《ゆず》れない……っ。
「…………わかりました」
正宗さんは苦笑しつつも（あ、呆れられたかな……っ）、部屋の電気を消してくれた。
でも、全部消すと何も見えないからって、間接照明は点けたまま。
そして改めて向かい合い、今度こそ浴衣をはだけられる。
浴衣の下には、ブラジャーとショーツ。
背中に正宗さんの手が回って、ぱちっと、ブラジャーを外される。
慌てて自分の両手で胸を隠したけど、正宗さんにじっと見つめられて、恥ずかしくて
恥ずかしくて。
なんか、泣けてきた……。
「……優しく、します」
だから、怖がらなくてもいいんですよ、って。
正宗さんは、優しくそう言ってくれて……。
「……う……」
だけど、優しくされればされるほど。
申し訳ない気持ちと、情けない気持ちと。

嬉しい、気持ちとで。

私はますます泣けてきた。

＊＊＊

千鶴さんはポロポロと涙を零《こぼ》して泣いている。

やはり、怖いのだろうか……

泣いている彼女の身体を抱き締めて、そっと布団の上に押し倒す。

経験がないと言う千鶴さんは日中の元気な様子が嘘のように、怯《おび》えた表情で俺を見上げていた。

不安なのだろう。このまま、何もせず眠ることもできないわけではないが……

「……怖いなら、やめましょうか」

そう問うと、彼女はふるふると首を横に振った。

「い、今を逃すと一生できない気がします……」

「それは……」

困りますね、と言って。

俺はなだめるように、千鶴さんの頭を撫《な》でた。

一生できないのは、困る。

俺は彼女との間に子どもが欲しいと思うし、何より……

好きな女性を抱けないのは、辛い。

「………」

顔を近付けて、口付ける。

最初は触れるだけのキス。

そういえば、俺達はキスもしていなかった。

千鶴さんと過ごす時間は、まるでずっと一緒にいたかのように落ち着いて、居心地が良かったから。

そんなことに、今になって気付くなんて……

思わずふっと笑ってしまった俺を、千鶴さんがきょとんとした顔で見つめてくる。

ああ、俺はこれからこの人ともっと深い仲になるのだ。

深く、深く繋《つな》がって。本当の、夫婦に。

もう一度、口付けて。

今度は深く、深く。

閉じられた唇を舌でこじ開け、小さな歯列をなぞり、彼女の舌を絡めとる。

「んっ……」

びくっと強張《こわば》り、震える千鶴さんの身体。

「……はぁ……っ」

名残惜《なごりお》しげに唇を離せば、二人の間を伝う銀の糸。

「……本当に嫌だったら、言って下さい」

なんとか、やめるので……

それは大変な忍耐を強《し》いられることだけれど、千鶴さんが本気で嫌がったなら、無理強いはけっしてしない。

彼女は目をぎゅっと瞑《つむ》って、こくんと頷《うなず》いた。

その愛らしい様子に、胸の奥が熱くなるのを感じる。

千鶴さんの、妻の初めて見せる一面に、俺は興奮していたのかもしれない。

＊＊＊

「……え……あ……、んぁっ」

ちょ、なんだこの状況!!

自分の口から、今まで聞いたこともない鼻にかかったような声が漏れ出して。

かろうじて帯でひっかかってはいるけれど、浴衣の裾《すそ》はすっかり捲《まく》れ上がっている。

ショーツはあっという間に脱がされて、今は畳の上。なんか、卑猥《ひわい》。

正宗さんの手で押し広げられた両足。その付け根、つまりその……秘所に……

ま、正宗さんの……顔がっ……

「やっ……恥ずかしい……」

指と唇と舌とで愛撫《あいぶ》されて、身体が芯《しん》から火照《ほて》っていく。

「……いやっ……ぁあっ……」

快楽の波が、お腹から全身に広がっていく感覚。

漫画や小説でさんざん読んできたけれど、いざ自分が同じ状況に置かれると、知識なんてなんの役にも立たなくて。

私はされるがまま、正宗さんに翻弄《ほんろう》される。

「んっ」

「ぁああっ……」

ちゅうーっと、花芯を吸い上げられ、びくびくっと、陸に上げられた魚のように身体が震えてしまう。

涙で滲《にじ》む目を開けると、正宗さんが顔を上げて私を見つめていた。

眼鏡の奥の、その眼差《まなざ》し。

暗くてもわかる、獲物を捕らえた肉食獣のような瞳。

草食系男子に見えるけど、こういう時はこんな顔するんだ……

「やっ」

見られるのが恥ずかしくて、私は思わず正宗さんに両手を伸ばしてしまう。

いくら薄暗いとはいえ、こんな恥ずかしい姿を見られるなんて耐えられない!!

本当は正宗さんの両目を覆い隠してしまいたかったのに、彼はそれを「抱き締めてほしい」と解釈したのか、ぎゅっと抱き寄せられた。

途端に近くなる端整な顔。大好きな、眼鏡の……

眼鏡？　そうだ。眼鏡!

私はにやっと笑い、正宗さんの眼鏡をすっと取る。

こ、これで、見えないだろう……!

私はしてやったりな気分だったが、……甘かった。

「……いけない人ですね」

眼鏡を取られた正宗さんはそう呟《つぶや》き、

「え……？」

私を再び押し倒して、両足を掴むとぐっと腰を近付けてくる。

正宗さんのモノが私を求めて硬くなっているのがわかった。

「……でも、俺は近視なんで……」

近くのものははっきり見えるんですよ、と。

正宗さんは、少し意地の悪い顔で笑った。

「えっ……!?」


「あっ……いやぁ……っいったい……」

な、なにこれちょう痛いんですけどー!!

「……力、抜いて下さい……ッ」

「んんーっ」

む、無理だから。力抜けって言われても、痛くて余計力入るー!!

「……辛かったら、背中に爪立ててもいいですから」

ずくっと、押し進められた正宗さんの先端が変なところに当たって、身体がびくびくっと震える。

「ひあっ、な、なんかヘン……」

な、なにこれぇ……

痛いのに……っ、気持ち良い……

「怖がらないで、大丈夫です」

「あっ、なんか、おかしく……っな……っあああぁっ!!」

最後の方は、もうあんまり覚えてない。

けど、お腹の中に何か熱いものが入ってくる感触と、痛みと快楽と……

「大丈夫、大丈夫ですよ」って、ずっと言ってくれていた正宗さんの声だけは、覚えている。


翌日、目が覚めると私は綺麗に浴衣を着て布団の中にいて、あれ？　夢だったのかと思ったけど、その直後襲った腰の痛みに、現実だと悟った。

あのあと、正宗さんが気絶しちゃった私の身体を綺麗にしてくれて、し、下着も浴衣も着せてくれて、寝かせてくれたらしいんだけど……

申し訳ないやら、恥ずかしいやらで……

その日は一日、合わせる顔がありませんでした!!

それは一種のテロリズム

結婚後、私達は正宗さんがお祖父さんから継《つ》いだという一軒家で暮らすことになった。

もっとも、正宗さんは数年前からこの家で生活していたから、そこに私が引っ越してきた、というわけなんだけど。

少し古いけど手入れの行き届いた二階建の日本家屋。

老後は縁側《えんがわ》のある家で猫と暮らす!! が昔からの夢だった私は、縁側のある日本家屋に感激してしまった。私の理想がここに……っ。

正宗さんが元々使っていた部屋は彼の書斎になり、空いていた主寝室が私達夫婦の寝室になった。

それから嬉しいことに、もう一室空いていた部屋を私の部屋にしてもらったのだ！

この部屋には実家から持ってきたゲーム機とか、本や漫画を置いている。もちろん、正宗さんにはけっして見せられないような類の本もある。

まあ、正宗さんは勝手に人の部屋に入るような人じゃないから安心だけど、念のためにカバーをかけたりケースに入れたりと、隠蔽工作《いんぺいこうさく》はしたつもりだ。

そして結婚を機に、私は仕事を辞めた。ちょっと名残惜《なごりお》しかったけど、この家の家事は新米主婦の私には少し荷が重い。仕事をやりながら、というのはもう少し家事に慣れてから。店長からは「いつでも戻ってこい」との有難いお言葉と、寿退社のお祝いに図書カードをもらった。使う先はもちろん元職場。

漫画や小説ばかりを買う私にしては珍しく、レシピ本とかをね、買っちゃいましたよ、さっそく。

ということで、今の私は新しい生活に慣れることと、忙しい正宗さんを支えることに全力投球!! である。

でもたまには息抜きも必要、ということで。

今日は、友人とランチの約束をしているのだ。

駅の近くのカフェで待ち合わせたのは、オタク友達の優子《ゆうこ》。大学で知り合って以来の友人だ。

彼女に頼まれて持ってきた結婚式の時の写真を渡し（優子は私達の結婚式には参列していない。急な話で、仕事の折り合いがつかなかったのだ）、私達は共通の友人の話や互いの近況で盛り上がる。

おしゃべりに興《きょう》じながら美味《おい》しいランチに舌鼓《したつづみ》を打って、アイスティーで喉《のど》を潤《うるお》して

いた時。優子はにやにやと口元を笑ませて、

「……で、どうなのよ新婚生活は。ラブラブしてんの？」

と興味津々《きょうみしんしん》、といった顔で聞いてきた。

「優子が思ってるような生活じゃないよ？」

私は首を横に振る。なにせ、彼女の思い描く新婚像（昔ネタにして語り合ったことがあるからわかるのだが）っていうのは、

『朝は奥さん（か、旦那さんでも良い）が、「おはようのキス」で伴侶《はんりょ》を起こす』

そんな恥ずかしいことできるかー!!　西洋人じゃあるまいし!!

ちなみにうちは早起きの正宗さんがいつも「千鶴さん。朝ですよ」って起こしてくれる。携帯のアラームより確実。夜行性だった頃の習慣が抜けず、朝が弱い私だったけど、朝一で美形の微笑を向けられたらそりゃね、カッ!!　とね、目が覚めるよね。

『さらに、朝食はイングリッシュブレックファーストで。淹《い》れ立てのコーヒー（もしくは紅茶）と焼き立てのトーストの香りが辺りをただよい……』

うちは正宗さんの好みで、朝はしっかり和食ですよ。朝からしっかり白米、味噌汁、納豆、焼き魚、卵焼き、漬物の日本の朝食です。お茶もコーヒーや紅茶じゃなくて日本茶ですよ。

ああちなみに、日本茶の淹れ方には正宗さんこだわりがあって、最初何も考えず適当

に急須にお茶っ葉を入れて熱湯をじゃーっと入れた私を見て、珍しく「……俺がやります」って言ったんだよなあ。

正宗さんの眉間に皺《しわ》が寄ってて、やばい‼　怒ってる⁉って戦々恐々《せんせんきょうきょう》としてたよ、私。

実家では母がそういう風に淹《い》れてたし、父も気にしない人だったからこれでいいんだと思っていたんだ。

でも、正宗さんがお茶碗を温めてから、少しぬるくしたお湯で丁寧に淹れてくれたお茶を飲んでびっくりした。甘くて、お茶の味がしっかりしていて美味《おい》しかったんだ。

正宗さんは別に怒ってはいなかったみたいで（心底ホッとしたよ‼）、「美味しいです！」と言う私に、慈愛に満ちたスマイルを浮かべてくれた。

以来、お茶はちゃんと淹れるようになった。でも、たまに正宗さんが淹れてくれると、やっぱり甘みが違うんだよなあ……。正宗さんは何も言わずに私の淹れたお茶を飲んでくれるようになったけど、まだまだ修行が必要だ。

ああ、話が逸《そ》れてしまった。

そして、あれでしょ？

『いってらっしゃいのチュー』

そんなこっぱずかしいことできませんよ‼　つかチューとか、そうそうしませんよ!!

西洋人じゃあるまいし（二回目）!!

お見送りは、普通です。普通に、玄関先まで行って、「いってらっしゃい」って言うだけです。

で、正宗さんも「いってきます」って言う。

でもその時にちょこーっとだけ、正宗さんの表情が柔らかくなるのが、萌え……じゃない。す、好きだ……

「千鶴……」

目の前の友人がジト目で私を見ている。

なんだよー。だから、ちっとも新婚らぶらぶ生活なんかじゃないんだって。

あとは、あれか。

王道中の王道の。

『おかえりなさい。ごはんにする？　お風呂にする？　それとも、わ・た・し？』ってやつ。

くはー!!　恥ずかしい!!

昔は萌え!!　と思ってたけど、いざ自分が人妻になると「ないわー!!」って思うね。

うんうん。そう。おかえりなさーいのあとは、普通にごはんですよ、夕ごはん。

まだまだ料理に慣れなくって、失敗や手抜き料理の多い私の手料理でも、正宗さんはいつも「美味《うま》いです」って言ってくれる。だから、もっと頑張ろうって思う。

そのあと二人でテレビ見たりして、しばらくしたらお風呂。もちろん別々に入りますよ。

でも、お風呂上がりの正宗さんの色気……ハンパないんだよなぁ。悶《もだ》えてしまうよ。

そうそう。昨夜も……

夕飯を食べて本を読んだりテレビを見てまったりとして、お腹が休まったあとは入浴タイム。

お風呂は、いつも先に正宗さんが入る。

別にそれが決まりってわけじゃないけど、やっぱり家でぐうたらしている（いやいや一応家事頑張ってるけどね!!）私より、日々高校生相手に頑張って働いている正宗さんを優先するのは当然なわけで……

私は正宗さんが上がったあと、お風呂に入る。

柏木家の浴槽は、長身の正宗さんがゆったり浸かれるくらい広い。

ただちょっと古くて追い焚《だ》きができないから、正宗さんが上がったらすぐに入らなきゃいけない。

私の趣味で、たまに入浴剤なんかも使う。（最近のお気に入りは温泉名所シリーズだ）

ふんふんとアニソンを口ずさみながらゆっくり身体を温めて、身体はかなり念入りに洗う。だって、ねえ……

そうしてほかほかの身体で寝巻に着替えて、（ちなみに独身時代は高校ジャージやスウェットを着て寝てたけど、さすがに結婚してからはちゃんとした寝巻を着るようになった）脱衣所の鏡の前で髪を乾かす。

これちゃんとやっとかないと、次の日地獄を見るからな……。アホ毛なんてもんじゃない。そんな可愛いもんじゃない。

で、髪をすっかり乾かしてから寝室に行くわけですが……

毎度ばっくばくですよ!!　心臓が。

だって、私達これから……こづ……いやいやいやいやいや!!　皆まで言うまい!!

寝室に行くと、すでに灯りは消されている。

初えっちの時に、私が灯りの下で自分の貧相な身体を晒《さら》すのをめちゃくちゃ嫌がったのを覚えているらしく、正宗さんは部屋を暗くしてくれる。

ホントに、ねえ。明るい所では見られたもんじゃないですよ、私。

ベッドの上では、正宗さんがベッドライトの灯りの下で、私がプレゼントしたブックカバーをかけて本を読んでいた。

新作のミステリー小説。読み終わったら貸してくれる約束だ。

正宗さんが寝室に入って来た私に気付いて、布団を少し捲《めく》り上げてくれる。

まるで「おいで」って言われてるみたいで、こそばゆいけど、嬉しい。

ちなみに、正宗さんは寝る時は浴衣を着る人だ。

昔からずっとそうしてるんだって。眼鏡で浴衣って、すごい破壊力だよ。

ベッドライトの下、浴衣姿の正宗さんはやけに色っぽく見える。

私はいつも遠慮がちに(だって恥ずかしいんだよ!!)、ベッドの中に入る。

二人で選んだダブルサイズのベッドだけど、長身の正宗さんと一緒に入ると少し狭く感じる。

「……いい匂いがしますね、千鶴さん」

正宗さんが私の首筋に顔を近付けて言う。

ベッドの中の正宗さんは、いつもより饒舌《じょうぜつ》だ。

その、最中もね……

日頃無口なくせに、この変貌《へんぼう》ぶりはなんなんだ!

「……同じ匂いですよ? 正宗さん」

そう。私達は同じボディソープにシャンプー、リンス、トリートメントを使っている。

二人ともあまりこだわりがないので、私が適当に買ってきた安いやつだ。
でも、そうか。正宗さんはこの匂いが好きか。
次もこれにしよう……
そうこうしているうちに、正宗さんの身体がのしかかってくる。
目の前には、浴衣の襟元《えりもと》からちらりと覗《のぞ》いた胸。
ちょっ!!　やばい鼻血出る!!
このチラリズムは一種のテロですよ、テロ!!
テロリズムですよ!!
「ま、正宗さん」
「なんですか?　千鶴さん」
正宗さんは私を見下ろしながら、少しずれた眼鏡をくいっ。
ち、ちくしょう!!
大好きですよ、このエロテロリスト!!
「ええと、その……。よろしくお願いします?」
何を言ってるんだ私ぃいいいい!!
もっと、こう……。「優しくして下さい（ポッ）」とか、可愛いこと言えれば……
いやいやいやいや!!　やっぱ無理!!

想像すると砂吐きそうになるわー。無理だわー。

「……よろしく、します」

正宗さんはふっと、微《かす》かに笑って（色気三割増し）、そっと私に口付ける。

湿った舌で口内を弄《いじ》られて、私は……

「んっ」

もう何も、考えられなくなるのです。


「…………………」

やばい!!

昨日の、その、ほ、ほにゃららを、だな!!　思い出してしまって、顔が熱くなる。

あああ……。目の前の優子が、さっきから悶《もだ》え続けている私に、「お前大丈夫か」みたいな視線を向けてくるよ。

えーと、えーと……

あっ、そうそう。新婚生活の話、だったよね。うん。

夜はね、各々部屋で好きに過ごしたりもするよ。部屋で漫画読んだり……。これ、独身時代とあんまり変わらないなあ。

あ、最近は正宗さんの部屋で本を読むようになったんだ。

最初は、正宗さんの書斎にお茶を運んだ時、読みたかった小説を本棚で見つけて。見てたら、「読んでもいいですよ」って言ってくれて、思わずその場で立ち読みし始めたら、苦笑した正宗さんがクッションを用意してくれて。

以来、正宗さんの部屋に二人分のお茶を運んで、一緒に過ごすようになった。

部屋には、正宗さんが聴いてるクラシックの音楽と、本のページを捲《めく》る音だけが響く。

そのまま寝ちゃった私を、正宗さんが寝室に運んでくれるってパターンも最近多いな。

子どもか!!

「……千鶴、きさま……」

「え？」

「十分ラブラブしてんじゃないのっ!!　惚気《のろけ》かこのやろー!!」

外野の気持ちになってくれ

『今日は少し遅くなります』

携帯に届いた正宗さんからのメールに、私はふんふんと頷《うなず》きながら返信を打つ。

『わかりました。待ってます』

正宗さんは仕事で遅くなる時、いつもちゃんと連絡してくれるから助かる。

ちなみに、あまり遅い時は『先に夕飯を食べていて下さい』の一文がある。今回それがないということは、今日は一緒に夕飯を食べれます、ってことですね。ふふふ。

夕飯の下ごしらえをしたら、レンタルしてきたアニメＤＶＤを見つつ、のんびりお帰りを待とう。

私は携帯を茶の間の炬燵《こたつ》の上に置いて、いそいそと台所へ向かった。

三十分ほど、経っただろうか。

下ごしらえを終えて戻って来た私は、携帯の受信ランプが光っていることに気付く。

「ん？　メールか……？」

パカッと携帯を開くと、それは予想通り正宗さんからのメールだった。

『すみません。幸村が家に来ることになりました』

「まじでかっ‼」

私は思わず声を上げた。急な来客なんて、結婚してから初めてのことだったのだ。

幸村真先生。正宗さんの学校で養護《ようご》教諭をしている中学時代からのご友人。

正宗さんと結婚する前に紹介されて、あとは結婚式の時と、新婚旅行のお土産《みやげ》を渡した時以来、顔を合わせていない。

幸村先生……か。正宗さんと並ぶと目が幸せ……

真面目な無口眼鏡キャラと、明るくって少し軽そうなキャラの組み合わせがこう……萌える。

しかも養護教諭ってのがまたイイ。あのチャラッぽい雰囲気で白衣を着るっていうギャップにも萌える。なんでも、女子生徒達に「幸ちゃんセンセ」とか呼ばれてるらしい。可愛いじゃないか‼

しかし、そんな幸村先生と数回しか会ったことがないのも事実で……

鑑賞する分には喜んで‼　な人でも、いざお客さんとして来るとなると緊張するぞ。んむむ……。それに、料理も作り足さなきゃなあ……。今からじゃ凝《こ》った料理を作る時間もないし、そもそも私にはそんなスキルはないし……。どうするか……

私は頭を悩ませながら、ポチポチと返信を打つ。

『わかりました。三人分の夕飯、作って待ってます』

う〜ん。これじゃあ嫌味っぽい……か？

三人分ってところが、なんか「はあ、急遽《きゅうきょ》増えちゃったけどいいですよ。作りますよ」って感じがするのは私だけ……かな？

メールって直接話すのと違って、相手の感情が文面からしか読み取れないから怖いんだよね。相手にどう受け取られるだろう、って。

でも、私がメール一つにこんなに神経を使うのも……

「…………」

相手が正宗さん……だからなんだよね。うん。

今、惚気《のろけ》ました。すみません!!

「……よし」

私は「大歓迎ですよ！」の気持ちを込めて語尾に笑顔の絵文字を入れて、もう一度読み返してから送信した。誤字脱字もなし。

以前、正宗さん宛のメールで「〜します」を「〜しむすん」と打ってしまって以来、誤字チェックは欠かさない。正宗さんはスルーしてくれたけど、あの時は自己嫌悪でのたうち回ったよ。

そんな過去のトラウマを思い返していると、間を置かずメールが返ってくる。

『突然すみません。あと一時間ほどで帰れます』

「はーい。了解であります」

一時間、か。

それだけあれば、なんとかなるな。

私は再び台所へ向かい、三人分の夕飯の支度に取りかかった。


「いやー、ごめんねちーちゃん!! これ、お土産《みやげ》～!!」

一時間後。

テンションの高い幸村先生と、テンションの低い正宗さんが帰宅した。

正宗さん、心なしか迷惑そうに顔をしかめている。

ところで「ちーちゃん」って、もしかしなくても私のことだろうか……？

「おかえりなさい、正宗さん。いらっしゃい、幸村先生」

私は正宗さんから鞄を、幸村先生からは一升瓶《いっしょうびん》の入ったビニール袋を受け取る。

「お酒……ですか？」

「そおー!! もうね、今日はガンガン飲もうよ!!」

「幸村……」

正宗さんがたしなめるように、幸村先生の名前を呼ぶ。

「ぶーぶー!! 付き合ってくれたっていいじゃん!! ね、ちーちゃん」

「は、はあ……」
ヤ、ヤバイ……!!
迷惑そうな正宗さんに絡む幸村先生、なんて素敵な光景だろう!!

腕に肩抱いてるし!!

いいなあいいなあ、この仲良い感じ!! はあ……、眼福《がんぷく》だわ……

私はよだれを垂らしそうになるのを必死に堪《こら》え、二人を茶の間に案内する。

夕飯はいつも台所の食卓で食べているのだが、今日は茶の間の炬燵《こたつ》に用意したのだ。

「わ!! 鍋だ~!! 湯豆腐? いいねえ!!」

幸村先生が炬燵に入りながら、歓喜の声を上げる。

そうなのです……。今日は、近所のお豆腐屋さんで買った美味《おい》しいお豆腐で湯豆腐なのです!! 炬燵に入って、鍋をつつきながらほふほふするのです!!

昆布でダシをとったお鍋には、真っ白な豆腐と鱈《たら》が入っている。

それから、湯豆腐だけじゃ物足りないだろうと、急遽《きゅうきょ》作った砂肝《すなぎも》とニンニクの炒め物。

ニンニクの芽も使って彩《いろど》りも狙ってみた。

お皿に切って並べた沢庵《たくあん》とキュウリのお漬物は、最近実家からおすそわけしてもらった母手作りの一品だ。それに、これまた昨日実家からもらってきた肉じゃがもある。

台所からご飯とグラス、瓶ビールを運んで来て、私は「どうぞ召し上がれ～」と言う。

湯豆腐はぶっちゃけダシをとって具を切って煮ただけだし、砂肝とニンニクも塩胡椒《こしょう》で炒めただけ。お漬物に至っては切って並べただけだし、簡単手抜き料理だけど……そこそこ見栄えはするし、ビールにも幸村先生の持ってきてくれた日本酒にも合うはずだ。

「「いただきます」」

私が手を合わせたら、自然と声が揃《そろ》って笑ってしまった。

幸村先生はからからと明るく笑い、正宗さんは小さく微笑《ほほえ》む。

なんか、楽しい。

そういえば、この家で正宗さん以外の人とごはんを食べるの、初めてだ。

ちょっと緊張するけど、うん……。楽しい。

あ、一応湯豆腐にはタレを色々用意してみた。

実家で湯豆腐する時の定番、ポン酢とお醤油と胡麻《ごま》ダレの三種。

それに色々自分で組み合わせられるように、胡麻や刻みネギ。柚子《ゆず》胡椒にラー油も用意してある。

私や弟がまだ子どもだった頃、あんまり湯豆腐が好きじゃなくて食が進まない私達に業《ごう》を煮やした母親が、子どもでも楽しんで食べられるようにって考えてくれた工夫だ。

自分で色々味を変えられるから、楽しいんだよね。（あとはマヨネーズと麺つゆ、とかもおすすめです）

それを見た幸村先生が、「わ!! これイイね!! 楽しいねえ!!」って笑ってくれた。

ふふふ。用意した甲斐《かい》があったというものですよ。

ところで、無邪気口調の大人の男の人も萌えますよね!!

「やばいよこれ～。箸《はし》が進むわ～。ちーちゃん料理上手だねえ!!」

「いえいえ、簡単なものですみません……。でも、いっぱい食べてって下さいね」

お豆腐は多めに買ってあるし（余ったら、お味噌汁の具にでもしようと思っていたから）、ご飯も明日の朝の分まで炊いちゃってるからたくさんある。

おかずが足りなくなったら、冷蔵庫にあるもので適当に料理しちゃえばいいし。

（……あ、）

正宗さんを見ると、砂肝《すなぎも》と湯豆腐を肴《さかな》にビールをぐいぐい飲んでいた。

たまに晩酌《ばんしゃく》してるけど、やっぱり飲む相手がいると進むんだな～。

グラスが空きそうだ。よし、ここは一つ女子力ってやつを……

「正宗さん、ビールお注《つ》ぎしますね」

とくとくと瓶ビールを正宗さんのグラスに注ぐ。

そうしたら、

「ありがとうございます、千鶴さん」

至近距離で微笑《ほほえ》まれて、すいません、不意打ちは卑怯です、と顔を赤くしていたら幸村先生に「ひゅーひゅー」とからかわれた。

「いいねえ新婚さん。らぶらぶぅー」

「も、もう!!　からかわないで下さいよー」

私は自分の座布団の上にぽすんと座った。

か、顔が熱い。

これは、酔いが回ったからかな、うん。（まだ一口も飲んでないけど）

それとも、熱々の湯豆腐のせいかな……？　はは……は。

ら、らぶらぶ……か……

私達は他人の目には、そんな風に見えるのだろうか。

「…………むぐ」

う、うん!!　あー、砂肝美味《おい》しいなあ砂肝!!　シャキッとした食感が好きだなあ!!

（ええい、今更照れてどうするのだ私!!）

もう、今日は私も日本酒いただこう……

ビールは苦くて飲めないけど、日本酒は好きなのだ。

あ、幸村先生が買ってきた日本酒、ほんのり甘くて……飲みやすいなあ。美味《うま》い。

その後も私達は、三人で食卓を囲んで（喋《しゃべ》っていたのは主に幸村先生と私だけど）、楽しくお酒を飲んだ。

最初は少し人見知りして緊張したけど、幸村先生が正宗さんの学生時代のエピソードを面白おかしく話してくれて、それに正宗さんが「幸村！」って怒ってて、楽しかったなあ。

いや、正直に言おう。

萌えました!!

こうね、酔っ払った幸村先生が正宗さんに絡んでだな……

正宗さんも酔いのせいか、ちょっと頬っぺた赤くして「やめろ」とか「よせ」とか「幸村」とか言っちゃって。

それを見ながら、私もお酒が進む進む。最高の肴《さかな》ですよ。目の前で美形二人が絡んでるとか。

そうこうしているうちに、お鍋やお皿はすっかり空になって。

私はもうお腹いっぱいだったけど、二人はまだ食べるかと思って「何か出しましょうか？」って言ったら、二人ももうお腹いっぱいです、って。

ちなみに、すっかり酔っ払った幸村先生は家に泊まっていくことになった。

「お前最初からそのつもりだったな」

って幸村先生を睨《にら》む正宗さんの姿に、また萌えさせていただきました!!　ゴチです!!

お風呂はお客様の幸村先生に先を譲《ゆず》って、私は後片付けを始めた。

そういえば……なんでも幸村先生は、昔っからこの家にしょっちゅう遊びに来ていて、『勝手知ったる他人の家』ってやつ、なんだって。

私達が結婚してからは、遠慮してくれてたらしい。なんだか申し訳ないな。

「……………ふふっ」

ところで私は、さっきからにやにやが止まらない。だって、だって……!!

正宗さんと幸村先生のやりとりが、もう!!　もう!!　おいしすぎるのだ!!

実はこの家には『幸村先生用の浴衣』なるものまでありまして。

正宗さんが「ほら、お前の」って箪笥《たんす》からその浴衣を手渡して、幸村先生が「ん。ありがとー」って受け取ってるのを見た時は、思わず目をカッ!!　とね。見開きましたよ。

やりとりがそっけないのもまた良い!!

網膜《もうまく》に焼き付けたい光景でございました……

一時期この家に入り浸っていた幸村先生が、正宗さんの浴衣を一着強引に「自分用!」って言って、それ以来使うようになったらしいんだけど、それをちゃんと幸村先生用にとっておいてあげる正宗さん。

夫婦か!! みたいなね。いや、夫婦なのは私と正宗さんなわけだけれども……

だって、萌えるじゃないですか……。浴衣を着た美青年二人が一つ屋根の下で杯《さかずき》を交わすって。どこのBL小説だよ!! ってね。

「ふふふふふ～」

お酒でふわふわ上機嫌なのも相《あい》まって、私はにやにやしながら洗い物を続けた。

「楽しそうですね、千鶴さん」

おや? 珍しく正宗さんが声をかけてくる。

私は振り返らずに、「そうですか～?」と答える。

「ん～、そうかもしれません。幸村先生って、楽しい人ですねぇ」

正宗さんと並ぶとかなりおいしい人、という意味でも。素敵な人だ。

「……………………」

私はこの時、かなり浮かれていたんだと思う。

というか、私の頭の中は正宗さんと幸村先生のカップリング妄想でお花畑状態だった。

だから、正宗さんが何を思っていたのかなんて、ちっとも気付かなかったのだ。

幸村先生の次に、正宗さん。

そして最後に私がお風呂をいただいて、寝室に向かいました。

いや〜、幸せな一時《ひととき》だった。いいものいっぱい見れた。

ちなみに、幸村先生のお布団は一階の和室に敷きました。これまた、幸村先生のいつもの寝場所らしい。いいね……『いつもの場所』って。ふふふ。

満ち足りた気分で、正宗さんのいるベッドに潜り込む。

明日は早起きして三人分の朝食を作らなきゃ。二人は明日もお仕事だからね。

早起きするためにも、さっさと寝よう。

今日はさすがに、お客様もいるしその……えっちはなしですよね。でも満足です!!

心が萌えで満たされて……って、あれ？

なんで私、正宗さんに押し倒されてるんだろう……？

「ま、正宗さん……？」

「……………」

私の手首をぐっと握ってシーツに押し付けている正宗さん。

いつもと様子が違う……

「ひあっ」

正宗さんに、み、耳たぶ噛まれたあああ!!　もちろん、甘噛みってやつですけど。

と、吐息が耳に当たって、変な声出る!!

なんですかこれ!!　臨戦態勢《りんせんたいせい》やる気全開ってやつですか!!

「ま、正宗さん、駄目です……っ」

「……どうしてです……?」

「だ、だって……」

だって、下に幸村先生がいるんですよおお!?

聞かれたらどうするんですかあああ!!

「幸村……先生が」

そう呟《つぶや》くと、正宗さんの瞳がすっと細められた。

こ、怖い……

「……千鶴さん……は」

私の貧相な胸にゆっくりと顔を埋《うず》めながら、正宗さんが小さな声で問いかける。

「……幸村のような男の方が……好き……ですか……?」

「へっ!?」

私は一瞬、何を聞かれたのかまったく理解できなかった。

ユキムラノヨウナオトコノホウガスキデスカ?

幸村ノやうな男ノ方がＳＵＫＩですか?

…………ええと、つまり……。これって……

(……し、嫉妬《しっと》ってやつですか!? ええええええ!!)

えええ!?

「ま、正宗さん……!?」

そんな馬鹿な!!　正宗さんが、幸村先生に嫉妬!?

私が幸村先生に嫉妬（いやしないけどむしろ嬉しいけど）するならまだしも、えええ!?

「……すみません」

恥ずかしそうに目を背《そむ》け、「つまらないことを言いました」と続ける正宗さん。

か、可愛っ……

「わ、私……はっ」

これ本当に鼻血噴くんじゃないかと思いながら、私は正宗さんの顔をまっすぐに見つめた。

「私は正宗さんの方が好きです!!　大好きです!!」

幸村先生は確かにかっこいいし、明るくって人懐っこくって、三次元の男の人に免疫《めんえき》のない私でも楽しく喋《しゃべ》れる人だけど。

私が一番好きな三次元の男の人は、正宗さんですよ!!

という気持ちを込めてきっぱり宣言したらば。

正宗さんはびっくりしたような顔をして、私の手首を掴んでいた力を緩《ゆる》めた。

私は急に、自分の口走ったセリフが恥ずかしくなって……

かあああああっと。そりゃあもう顔が真っ赤に染まりました。

何を言ってるんだ私ぃいいい!!

「っ!!」

あんまりにも恥ずかしくて、思わず正宗さんに背を向けて、枕にぼすん!! と顔を沈める。

は、恥ずかしい!! 顔が見れない!!

本人目の前にして、「大好きです」って。恥ずかしい!!

「……千鶴さん」

正宗さんに名前を呼ばれる。

私はぶんぶんと首を横に振った。

そうしたら、後ろからぎゅっと抱き締められて……

「……すみません……」

って、謝られた。

「……千鶴さんが、楽しそうに幸村と話しているのを見て……」

嫉妬《しっと》しました、って。

その言葉にちらりと正宗さんに視線をやると……、彼は恥じるように目を伏せていた。

「…………」

私は……すごく……なんていいますか……その……

（……う……嬉しい……）

嬉しくって、また顔が赤くなって。

そしてまた、ぼすん!!　と枕に顔を沈めてしまう。

くそう……。今日はこのまま寝てやる!!

そう、決意したのですが……

（ん……？）

気付けば、ころんと仰向けに転がされ。

目の前には、熱を帯びた瞳の正宗さん。

まさか……

「……千鶴さん」

「んんっ」

キスをされたと思ったら、口の中に舌が入ってきた。

まさかまさか……

「ま、正宗さん……？」

「俺も大好きですよ。千鶴さん」

そんな目で、そんな言葉を言われたら、もう……

もう、逃げられないじゃないですか!!

そして私は、結局……

正宗さんに美味《おい》しく、いただかれてしまいました!!

で、でも頑張って声は堪《こら》えたんだよ。自分の手を噛んだり枕噛んだりして耐えたよ!!

そして少しだるい腰をさすりながら、いつもよりちょっと早く一階に下りていったら……

「あ、おはよー。ちーちゃん朝早いんだねえ」

って、浴衣姿のまま新聞を読んでる幸村先生に出迎えられた。

ふおおおお!!

正宗さんの、きちっと着付けた浴衣姿も素敵だけど……

幸村先生の、着崩した浴衣姿もまた、素敵です!!

ああ、この二人学生時代布団を並べて夜遅くまで語り合ったりとか……しなかったのかなあ――

『ねえ正宗~。お前、好きな奴いんの?』

『……突然なんだ』

『だって、お前全然浮いた話ないしさ～』

『そんなの、お前に関係ないだろう』

『関係ないって……。ひどくない？　俺は……』

そして突然幸村先生を押し倒す正宗さん。

びっくりする幸村先生に、正宗さんは……

切なげに、顔を歪《ゆが》めて……

『俺が好きなのは……お前だよ……』


――なああああんてね!!　きゃあああああああ!!

良い!!　正宗さん×幸村先生、良い!!

いやしかし、幸村先生×正宗さんも捨てがたい!!　うふふふふふ!!

私は上機嫌で朝食の用意をしましたよ!!

昨日の夜炊いたご飯は三人分の朝食には足りなくなってしまったので、今朝は炊き立てピカピカのご飯です!!

炊き立てのご飯、美味しいよねぇ。

それに目玉焼きとベーコンを焼いて、(豆腐は使い切っちゃったから) ワカメだけ入れたお味噌汁にお漬物。それに納豆と味海苔もつけてみた!!

ちなみに、目玉焼きの黄身が半熟なのは、黄身までしっかり火を通そうとすると白身が焦げ焦げになるから。うまく焼けた例《ためし》がない。まだ修行中なのである。

本当は堅焼きの方が好きなんだけどねえ。お客様に焦げ焦げの目玉焼きを食べさせるわけにはいかない。

にこにこと愛想良く大盛りご飯のお茶碗を渡したら、幸村先生は「ありがとう！」と笑顔で受け取ってくれる。

いえいえ、どんどん食べて下さい。

幸村先生の食べっぷりは見ていて気持ち良いですから‼

それで、ね、願わくは……ですけれど。

幸村先生がこう……、口元にご飯粒なんかつけちゃったりして、それを正宗さんが、「馬鹿……。ついてるぞ」なんてとってあげて自分でパクッ、みたいなシーンが見たいけど、まあそれは得意の妄想でなんとか……

「ご機嫌だねえ、ちーちゃん。あ、腰は大丈夫？　昨日の正宗激しかったしねえ」

「ブフッ‼」

の、飲んでた味噌汁、変なとこに入ったああああ‼

は、鼻水が……っ。

いや、そんなことよりも今……、今……

い、今……。なんて……

「もー、ギシギシギシギシ下まで響いてたよ？　さすが新婚さんだねえ」

仲良いんだから、って笑う幸村さん。

な、仲良いって……

「な、なななななな」

ていうか、昨日の……

き、聞かれ……

い、いいいいいいい、

「いやあああああああ!!」

私は脱兎《だっと》の如《ごと》く逃げ出した。

は、恥ずかしい!!　恥ずかしくて今なら……

死ねるぁああああああああ!!

＊＊＊

かわいそうに。

千鶴さんは顔を真っ赤にして逃げ出してしまった。

「……幸村。あまり、からかうな」

俺は千鶴さんが倒してしまった味噌汁の茶碗を片付けながら、幸村に言う。

「ふふ。かーわいーね、ちーちゃん。顔真っ赤にしてさ」

「……………………」

本気で苛立ちを覚えた。

自分が恋人とうまくいっていないからって、憂さ晴らしの飲みに付き合ってやった友人の妻に言っていい言葉か。

「ちょ、本気で睨《にら》まないでよ。悪かったって。ちょっとふざけすぎました。でもさ下に響くって知ってて、ちーちゃん抱いたのお前でしょ？　と。

幸村はにいっと笑う。

嫌な男だ。昔から、こいつは俺の心を見透《みす》かしてくる。

確かに、俺は……

幸村が千鶴さんにとって『無害』だと知りながら、それでもこいつを前に楽しげに笑う千鶴さんの姿に動揺して……

そして千鶴さんをあんな風に笑わせるこいつに、嫉妬《しっと》した。

「………………………………」

「見せつけてくれるよねぇ。ちょっとは外野の気持ちになってよ。夜中にあーんな音聞かされてさあ。ま、ちーちゃんの可愛い声が聞けなかったのは残念だけど……」

「…………誰が聞かせるか」

古い家だ。ベッドの軋《きし》む音が二階まで響くだろうとは思っていたが、千鶴さんの声まで聞かせるつもりはなかった。

もっとも、千鶴さんは自分でも気にして、声を抑えてくれていたが。

その姿がまたいじらしくて、俺はいっそう劣情を煽《あお》られた。

「けっ。あーあ、俺もらぶらぶしたいなあ」

「なら、拗《す》ねてないでとっとと恋人の所に戻れ」

「っ！　……ほんと、嫌な奴」

「…………」

どんな喧嘩《けんか》をしたのかは知らないが、こいつは帰り際に突然「飲みに付き合って!!」と絡んできた上、断ったら断ったで「じゃあ俺がお前ン家に行く!!　んでちーちゃんのごはん食べる!!」と食い下がってきたのだ。

大体、人の妻を勝手に「ちーちゃん」呼ばわりして……

「ちーちゃんも大変だなあ。正宗が意外に独占欲強いってこと、わかってんのかなあ」

「うるさい」

まったく、迷惑な男だ。

「ふんっ！　らぶらぶ新婚男は黙っててよ！」

幸村は、あー味噌汁美味《おい》しい!!　と言って、結局ご飯を二杯もおかわりした挙句《あげく》、

「着替えがない。貸して」と俺のシャツとスーツ、ネクタイ一式を借りて出勤していった。

まったく図々しい。

しかしその日の夕方、さすがに千鶴さんに悪いことをしたと思ったのか。

「これ、ちーちゃんに」

と、学園の近くにあるケーキ屋で買ってきたらしい焼き菓子を手渡された。

奴なりに、今回のことを反省しているらしい。

また千鶴さんの料理を食べに行きたい、とも言っていた。

ああ、俺も……。

（千鶴さんに、謝らないとな……）

幸村に嫉妬《しっと》して、暴走して。

見せつけるような真似をして、千鶴さんに恥ずかしい思いをさせてしまった。

そして、帰りに千鶴さんの好きな苺《いちご》を買って帰ったら……

千鶴さんが、寝室のベットの上で布団を被って丸くなっていて。

その、こんもりと布団に包まった姿がなんだか可愛らしくて、思わず「ふっ」と笑ってしまったら、

「ま、正宗さんのぼげええええええええ!!」

と、枕を投げられた。

思えば、これが俺達の初めての『夫婦喧嘩《げんか》』だったのかもしれない。

「ごめんなさい、千鶴さん。今回のことは（幸村が悪いけど）俺が悪かったです」

「うっ、ううう……」

「……許して、くれますか？」

「うっ。そ、その顔は反則ですううううう!!」

これは誰かの陰謀《いんぼう》か？

正宗さんのお友達の、幸村先生が我が家に泊まりに来た夜。

その……ですね。夫婦の営《いとな》みってやつを、そのお、音、べ、ベッドの軋《きし》む音を、聞かれてしまいまして。（こ、声はさすがに聞こえなかった、よね⁉）

しかも翌日の朝食の席で、昨日激しかったねえ、なんてことを言われてしまいまして。

あまりの恥ずかしさ故《ゆえ》にその場から飛び出した私は、とりあえず自分の部屋に逃げ込みました。

ああああああああああもう‼　やっぱり、やっぱり駄目だったんですよ‼　お客様が下で寝てるのに、え、えっちとか‼　もう‼　恥ずかしすぎるぁあああああ‼

「いぎゃーっ‼」

ずざーっと、畳の上に倒れ込んで。

クッションに顔を埋《うず》めて、じたばたじたばたじたばた。

恥ずかしい‼　恥ずかしい‼　恥ずかしい‼

破廉恥《はれんち》‼　破廉恥すぎるうううう‼

畳の上でごろんごろんのたうち回っていたら、勢い余って本棚にごんっ!!　とぶつかった。

そして、顔の上にばさばさっと、積んでいた漫画本が落ちてくる。

「ふぎゃっ!!」

は、鼻に当たった〜!!　い、痛い……

あああ、でも漫画に折り目がつく前に片付け……てぇええ!!

目に飛び込んできたのは、まだカバーをかけていなかった買ったばかりの漫画の表紙。

どいつもこいつも揃《そろ》いも揃って、ぜんっぶ、肌色肌色肌色のオンパレード。

要するに、全部ＢＬ漫画。

「ふぎゃあああああああああああ!!」

その、裸でくんずほぐれず絡み合っている姿に、私は絶叫する。

お、同じことを……。昨日、わ、私は……っ……!!

忘れようとしてるのに、否応《いやおう》にも思い出される昨日の痴態《ちたい》!!

だ、駄目だ……。この部屋は駄目だ刺激が強すぎる!!

こんなんがごっろごろ転がってるんですよ!!　蔵書の六割はＢＬですよ!!

いつもの私なら大好物な男同士の濡れ場も、今の私には刺激が強すぎるんだぁあ!!

私は心の中で叫び声を上げながら自室を飛び出した。

向かった先は、寝室である。

正直、昨夜の現場であるベッドの上も恥ずかしいっちゃ恥ずかしいのだが、こうなったらもう布団に包《くる》まって外界をシャットダウンしちゃる!! 引き込もり上等!! と決意したのだ。

ばすん!! とベッドにダイブ。

そして頭から布団を被って、目をぎゅっと瞑《つむ》った。

もう、知るか!! 家事がなんぼのもんじゃい!!

もう……、もう……!! 今日はもう寝てやる!!

と誓った午前中。

本気で寝るつもりはなかったのに……

少し、じっとしていようと思っただけなのに……

昨夜その……、激しく抱かれちゃった反動か、私は本当にぐっすりと寝入ってしまいました。

我ながら単純!!

そして、もそもそと布団から顔だけ出すと、辺りはもう真っ暗だった。

ああ……、お腹減ったなあ……。朝から何も食べてないや……

そろそろ正宗さんが帰ってくる頃か……。正直、顔合わせたくないなあ……

だ、だってさ……!!　冷静に（まだなりきれてないけど）考えてみると、昨日のあれって、正宗さんが悪いんじゃん!!　私、一応拒否したじゃん!!　「下に幸村先生がいるから」って。

なのに、なのに……っ。

「っ……」

昨日、真剣な顔で迫って来た正宗さんを思い出して、顔が熱くなる。

う……、ううう……。恥ずかしい……よう……

布団から抜け出して、ベッドの端に座る。

ああ……本当に、どんな顔して会えばいいんだ……

そんなことを考えていたら、二階の階段をとんとんと上ってくる音が聞こえてきた。

はっ!!　ま、正宗さんが帰って来たぁ……!!

私はまたばっと布団に包まって、ダンゴムシのように丸くなる。

これは、あれだ……。精一杯の、「私怒ってるんですよ!!」アピールだ。

「…………」

カチャ……と、寝室の扉が開く音がする。

シーンと静まり返った室内で私は、正宗さんの一挙一動を（見えないけど）耳で窺《うかが》っていた。

そうしたら、

「……ふっ」

と、空気を震わすように、布団越しに彼の笑い声が聞こえた。

ま、正宗さん今……、今……

わ、笑いやがりましたねえええええええええええええ!!

「ま、正宗さんのぼげえええええええ!!」

私はがばっと布団を剥《は》ぎ、近くにあった枕をむんずと掴み、投げつけた。

「わっ」

馬鹿!! ボケ!! どちくしょおおおおおおお!!

枕をもう一つブン投げる。はあ、はあ。

もう投げる物がない。こうなったらこの重い掛け布団も……っと布団を握り締めたところで、正宗さんがベッドに近付いて、私に頭を下げてくる。

「ごめんなさい、千鶴さん。今回のことは俺が悪かったです」

「うっ、ううう……」

やばい。涙と鼻水が溢れてきた。

もう!! 最悪!!

「……許して、くれますか?」

「うっ。そ、その顔は反則ですぅぅぅぅぅ!!」

結局、その夜の私は……

正宗さんの、心底申し訳なさそうな顔に絆《ほだ》されて、「ゆ、許します……」と言ってしまって。

一日中家事を放棄していた私を責めもせず、「今日は久しぶりに外食しましょうか」って言ってくれた正宗さんに無言で頷《うなず》き、美味《おい》しいお蕎麦《そば》を食べに行って。

帰ってきたらきたで、正宗さんが買ってきてくれた大好物の苺《いちご》に機嫌を良くして、「美味しーっ!!」とか言っちゃって。

正宗さんの思惑通り（?）、まんまと、すっかり、許しちゃってた私なんですけれどもね。

それでまあ、夜もぐっすり眠っちゃいまして。

だけど一晩眠って、冷静に考えてみると……

正宗さん、一昨日《おととい》の夜のアレは確信犯だったんじゃないかって思うのですよ。（遅い!!）

だって、長年この家に住んでる正宗さんが、寝室の振動がすぐ下にある客間に届くって、知らないわけがなくない!?（遅い!!）

そして、その日の夜。正宗さんの腕の中で「あの……、もしかして、一昨日《おととい》の夜、わかってて、や、やりました？」って聞いたら……

「…………………」

「…………正宗さん？」

「…………………」

無言で、にっこりと微笑《ほほえ》まれましたよ!! か、確信犯かちくしょおおおおおお!!

そうなってくると話は違うぞ!!

く、くそう……。正宗さんも……

正宗さんも、恥ずかしい思いをすればいいんだー!!

正宗さんも恥ずかしい思いをすればいいんだ、と。

復讐を決意したのはいいものの。具体的にはどうしたらいいもんかな……

うーん。うーん……。あっ!!

そうだ!! こんなのはどうだろう!!

ベッタベタの愛妻弁当を渡して、職場で恥ずかしーい思いをさせるっていうのは!!

こう……ですね。桜でんぶのハートマークに、海苔で作るＬＯＶＥの文字。

ハンバーグもその上に載ってるチーズも、ハート。ハムもハート。ニンジンも卵焼きもハート。

ハートマークのオンパレードの、コッテコテの愛妻弁当!!

うわあ恥ずかしい!!

ふっふっふ……。これを職場で開けて、同僚の先生達や生徒達に見られちゃって、「新婚だねえ（笑）」とか、生温かい目で見られて恥ずかしい思いをすればいいのですよ!!

私ははりきって、ネットで色々な愛妻弁当のレシピを検索した。

正統派から可愛い系、ネタ系まで、いやはやいろんな愛妻弁当があるんだなあ。

そして、翌日の朝。

携帯の目覚ましをいつも起きる時間より早くセットして、まだ寝ている正宗さんを残して一人台所に立つ。

目の前には、空のお弁当箱。今日のために買いました!!（正宗さんはいつも昼食は職場にある学食で食べるので、これが結婚後初のお弁当作りである）

ふっふっふ……。今からこれに、ベッタベタでコッテコテな愛妻弁当を詰めてやるぜ……!!

「…………」

……と、意気込んだのはいいのですが……

いざ、ハート形にくり抜いたチーズやニンジン、ハサミで切ったＬＯＶＥの形の海苔を目の前にしたら、ふと不安が過《よぎ》ったのですよ……

こ、この愛妻弁当を見られたら……、「うわあ、柏木先生の奥さん、こんな弁当作るんだ……」とか!!

「だっさ……」とか!!

「これ、嫌がらせじゃない？」（正解っ！）とか。

「うわ……ないわー」とか、思われないかなぁ!!

正宗さん本人にも、「うわ……」って引かれたり……

そ、それに、正宗さんが職場で恥をかいたら……。これから先、仕事に支障が出たり……!?

「………………」

想像は悪い方へ悪い方へと向かっていく。

結局、チキンな私は……

「う……ううう……」

泣く泣く、普通のお弁当を作りました。だけど卵焼きだけは焼き直す時間がなくて、ハートのまま詰めちゃったけど……

その日の夜。

空のお弁当箱を持って帰ってきた正宗さんは、「とても美味《おい》しかったです」と言ってくれた。

おまけに、「ハートの卵焼き。他の先生方にも、可愛いと好評でしたよ」なんて、嬉しそうに微笑《ほほえ》まれて……っ。

その笑顔に、良心が痛む……っ。

本当はあなたに恥をかかせようと思って作ったお弁当なんです……とは言えず。

「……あの、よかったらこれからもお弁当作りましょうか？」

って言ってしまった私、最低!!

正宗さんは、「千鶴さんの負担でなければ、ぜひ」と言ってくれた。

そ、そんなこと言われたら……

「頑張りますっ！」

って、言うしかないでしょおおおおお!!

『愛妻弁当で恥ずかし作戦』は失敗に終わりました!!

でも、私はまだ諦めたわけではないのだ。ふっふっふ。

正宗さんに恥をかかせる……というのは、ちょっと今後に支障が出るかもと思うとできないので、私は作戦方針を変えることにした。

要は、私は正宗さんに一矢《いっし》報いたいわけですよ。復讐だよ復讐!! 復讐は蜜より甘いんだよッ!!

私が味わった恥辱《ちじょく》と同じ苦しみを味わうがいい!!

……と、いうわけで。

現在は夕食後。正宗さんの書斎で、まったりお茶を飲みつつ読書中。

——と見せかけて、私は頭の中で一人軍人ごっこ中。ミッションはすでに始まっているのである!!

ターゲットは現在、最近購入した推理小説を読んでおりますっ。ドーゾ。

了解! 準備はできているな、千鶴一等兵。ドーゾ。

イエッサー!! 準備万端であります!! 軍曹《ぐんそう》殿!! ドーゾ。

……と、一人軍人ごっこは置いておいて、準備は万端ですよ。ふふふ。

正宗さんがお仕事に行っている間に、私は今正宗さんが読んでいる推理小説を読破《どくは》したのだ。フハハハハハ!! もちろん犯人もトリックもばっちりわかってます!!

推理小説を読んでいる人に、絶対やってはいけないこと。それは、読んでいる途中（もしくは読む前）に、犯人の名前を教えること!!

昔、学校の図書館でずっと読みたかった推理小説のページをわくわくしながら開いて、最初の登場人物紹介のページに鉛筆書きで「こいつが犯人」と書かれた矢印を見た時は、本当にブチキレたね。最低です!!

ふっふっふ。今から私は、その最低の禁忌《きんき》を犯すのですよ。

「……正宗さん。良いこと教えてあげますね」

私はふっふっふと笑いながら、正宗さんの傍《そば》に擦《す》り寄る。

正宗さんは、座っていた椅子をキイと回転させて、私の方を見た。

「その小説の、犯人は……」

ニイと笑って、犯人の名を口にしようとしたら……

「むぐっ」

い、いきなり口を塞《ふさ》がれましたー!!　マッ、マウストゥーマウスで!!

しかも、し、舌入ってる!!　か、顔押さえられてるうウうウ!!

「んんっ。ぷぁっ……」

やっとのことで解放されて、荒い息を吐く私に、正宗さんは微笑を浮かべて言う。

「千鶴さん……?　良い子にしていて下さいね」
ハ、ハーイ……
け、結局……。『推理小説の犯人教えちゃるわゴラッ!!　作戦』も失敗に終わりました!!

うう……。こんな、ことごとく失敗に終わるなんて……

手強すぎますッ!!　旦那様!!

最後はキスで締めましょう

「はー、重かった」

私は限界まで膨らんだエコバッグを三つ、ドスンと音を立てて玄関先に置く。

調子に乗って、色々買いすぎちゃった。

硬くなった肩を揉みほぐし、「あとちょっとー」「ふぁいとー、いっぱーつ」、と自分を奮い立たせて再びエコバッグを持つ。しかし、いくら安かったからって、トイレットペーパーと洗剤を一緒に買ったのは失敗だったかな。

正宗さんが休みの時に、一緒に買いに行けばいいんだろうけど……

このところ、正宗さんはすごく忙しい。なんでも、研究授業や研修旅行の準備、期末テストの準備とかがあるらしい。

生徒達が「テスト嫌だー」って言ってる裏で、先生達は苦労しているんだ。

帰りも遅いから、待たなくていいですって言われてて、最近はずっと一人で晩ごはん。

正直、寂しい……けど。

正宗さんだって頑張ってるんだから、私も頑張らなきゃ。

一緒には食べれないけど、夜食を用意しておけば帰宅した正宗さんがそれを食べてくれるので、私ははりきっているのだ。精のつくものを作って、この忙しさを乗り切れるようにサポートしないとね。

私は買い込んできた食材を冷蔵庫や棚に入れながら、ふんふんと鼻歌を歌う。

今日の私はご機嫌なのだ。何故なら……

「ふっへっへー‼ これこれ。一人ごはんのお供ー‼」

エコバッグの中から取り出したのは、一本の瓶。

お酒コーナーで見つけた、コーヒーリキュールのカルーアだ。

ビールは苦くて飲めないけど、お酒が好きな私はお気に入りのドリンクがいくつかある。一つは甘口の日本酒。もう一つは果実酒。そしてもう一つが、このカルーアで作るカルーアミルク。

独身時代もよく、牛乳とこれを買ってきて一人で飲んでたなあ……

今夜はカルーアミルクを飲みながら、一人寂しい夜を乗り切ろう‼ 見たかったアニメの劇場版も借りてきたしね。ふふふ。晩ごはんもがっつり系じゃなくて、簡単な酒の肴《さかな》をつまみながら済ませちゃおう。

寂しくて人恋しい夜は、こうしてお酒で気を紛《まぎ》らわせるに限る。

炬燵《こたつ》の上に、カルーアの瓶と牛乳パック。それから氷の入ったグラスにマドラー。

肴にはクラッカーとクリームチーズ、解凍した焼き鳥とフライドポテトを用意した。

おっと、お漬物も忘れちゃいけない。

ふふん。見事にバラッバラかつ手抜きだけど、なかなかの晩餐じゃないか。

ちなみに正宗さんにはちゃんと胃と身体に優しい夜食を用意している。今日は鍋焼きうどん。一人用の鍋にスープと具を入れておいてあるから、食べる前に麺を入れて温めればあっという間に完成だ。

テレビの電源を入れて、DVDを再生。

オープニングを見ながら、グラスにカルーアと牛乳を入れて混ぜる。配分は適当。でも一杯目だから、ちょっとカルーアは少なめに。

「うん。あまーっ」

あまーいカルーアミルク。コーヒー牛乳みたいな味がして大好き。

飲みやすいし、美味《おい》しいし。

ああ……、幸せ……

おつまみを食べながら、カルーアミルクを飲み進める。

「んっ？」

気付くと牛乳パックはすっかり軽くなっていて、最後の一杯はカルーアの方がちょっと多くなっていた。でも、うまし。

うふふふ。なんか身体がふわふわする。気持ち良い。

そういえば、こんなに飲んだのは久しぶりかも……。友達との飲み会でも、最近は量をセーブしてるし。家ではたまーに、正宗さんの晩酌《ばんしゃく》に付き合ったり、ごはんを食べに来る幸村先生と一緒に飲むくらいだしなぁ。後片付けをしなくちゃいけないから、そんなにたくさんは飲まない。

「いかんいかん……」

ちょっと調子に乗りすぎてしまったぞ……。ううん……、まんまとカルーアの罠に引っかかってしまった。甘くて飲みやすいカルーアミルクだが、実はアルコール度数が高いので飲みすぎには注意なのだ。

空になったグラスや皿をトレイに載せて、立ち上がろうとしたらふらっとした。

足にまで来てるな、これ……

私はよろよろしながらもなんとか台所までトレイを運ぶと、後片付けは諦めて寝ちゃうことにした。水にだけ浸けておいて、明日の朝洗おう。

お風呂に入りたいけど、酔っ払った状態では危険だ。

それくらいの理性は残っていたんだけど、汗をかいた身体が気持ち悪くて、シャワーだけ浴びることにした。

脱衣所でもそそと服を脱いでいく。上に着ていたハイネックのセーターを、「ふんぬー」と脱いだら、

「ふごっ！」

静電気でバチッと、指に痛みが走った。

「ひゃ、百万ボルト……!!　ちづるはさんじゅうのダメージ!!」

ふはははははは!!　だがまだ死なーん!!

……なーんて。

なんか楽しくて、笑えてしょうがなかった。今なら箸《はし》が転んでも笑えるよ。大爆笑だよ。やばい。本格的に酔っ払っている。

あー、だってなんかふわふわ気持ち良いんですよ。頭が蕩《とろ》けてる。

身体が熱くて長くお湯を浴びていられず、シャワーもちゃちゃっと適当に済ませちゃった。

「あー、良い湯らった。湯船じゃねーけろね。ふふっ」

バスタオルで身体を拭く。

ふー、熱い熱い。着替えるのやだなーって思っていたら、そもそも着替えを持ってきていなかった。

「うあー、ばっかれー。……ん、でもいっか」

正宗さんもいないし。

このまま寝室まで戻って、あっちで着替えちゃおう。

私は湯上がりの身体にバスタオルを一枚巻いただけの恰好で、寝室に向かった。

——その夜の記憶は、ここでいったん途絶えている。

ま、まさかあんなことをしでかすなんて……

思いも、しなかったのです。(ガクブル)

＊＊＊

その日の帰宅は夜十一時過ぎだった。

仕事が立て込んでいて、このところ帰るのはいつも大体このくらいの時間だ。

千鶴さんには毎日帰宅時間を伝えているのだが、彼女は嫌な顔一つせず、いつも夜食を用意してくれている。

最初の頃は、茶の間で俺の帰りを待って、夜食を出してくれていたのだが……

申し訳ないから、先に寝ていてもいいと言って以来、夜食は彼女のメモ付きで台所に用意されている。

今日も灯りの消えた台所に向かうと、コンロの上に一人用の鍋が準備されていた。傍《そば》にはいつものメモが置いてあって、『おかえりなさい、正宗さん。いつもお疲れさまです。今日は鍋焼きうどんにしてみました。温めて食べて下さい。千鶴より』の文字。

俺は自然と目元が笑む。

彼女の夜食が楽しみで、職場でとる夕飯は簡単に済ませるようになった。

俺は夜食をとる前に先に着替えようと、寝室に向かう。

寝室の灯りも消えていた。もう寝ているのだろうと、千鶴さんを起こさないようにそっと中に入って、ベッドライトを点《つ》ける。

そして俺は、目の前に飛び込んできた光景に絶句した。

「ん……、んんぅ……」

ベッドの上で、千鶴さんが……何故か生まれたままの姿で、布団もかけずに寝ているのである。

「千鶴さん……!?」

彼女はころん、と寝返りを打つ。その身体の下には、バスタオルが敷かれていた。

たぶん、タオル一枚巻いただけの恰好でベットに転がり、そのまま寝てしまったのだろう。

だが……

「………………まずい」

正直、このところ忙しくて禁欲生活を強《し》いられている俺には、かなり刺激的な姿だ。

いつもは恥ずかしがって裸さえあまり見せたがらない彼女の大胆すぎる姿は、俺の劣情を刺激してやまない。

しかし、このままでは……

「……千鶴さん、風邪を引きますよ……？」

俺は理性をフル稼働させて、彼女を布団の中に入れるため、身体を起こそうとした。

いくらなんでも、意識のない女性を襲うわけにはいかない。

「んにゃ……、ましゃむねさん……？」

目が覚めたのか、彼女の口からそんな言葉が零《こぼ》れる。

しかし、その……

千鶴さんの、とろんと潤《うる》んだ瞳。

甘く鼻にかかった声。

理性で押し込んだ欲情を、掻きむしられる。

「ましゃむねさん、らーいすき」

その時彼女が浮かべたのは、甘く、蕩《とろ》けるような、煽情的《せんじょうてき》な笑顔だった。

「っ!!」

身体中の血の流れが、どくん、と速まったような気がする。

そして、彼女は「ふぁー……、さびし……かったぁ……」と言って、裸のままで俺の首に抱きついてきた。

「ち、千鶴さん⁉」

ぎゅうっと、俺にしがみついてくる千鶴さん。

裸の胸が、俺の胸に当たって、その……

だから俺は思わず、彼女の身体を突き離してしまった。

「きゃんっ」

そんなに強く押したつもりはないのだが、彼女は悲鳴を上げて（少し可愛かった）、ベッドの上に倒れ込む。

「んー、もう……。ひどい……よぅ。ましゃむねさん……」

「っ‼」

涙で潤んだ瞳で、俺を見上げる千鶴さん。

おかしい。様子がおかしい‼

普段の千鶴さんは、間違ってもこんな態度はとらない。

「どうしたんですか？　千鶴さん。どこか……」

「ええ〜？　うふふっ。らんれもらいれすよ〜？　ふへっ」

呂律《ろれつ》の回っていない、少し掠れた声。

熱で潤んだような瞳。

そして、何より……先程抱きつかれた時微《かす》かに感じた、甘い酒の匂い。

まさか……酔っているのか!?

千鶴さんが意外に酒が好きなことは知っているが……こんなに酔っている彼女の姿を見るのは、これが初めてだった。

「どうして……」

「らって……さびしかったんらもん」

「え……？」

「ましゃむねさんがいなくて、さびしかったんらもん！」

俺が、いなくて……

寂しくて……？

「っ!!」

そんな……。そんな、可愛らしいことを……

「ましゃむねさん？」

そんな、可愛らしい姿で言われたら……

俺は……

「……あなたが、悪いんですよ……？　千鶴さん」

こんなになるまで飲むなんていけない人だ。

そして、そんな姿でそんなことを言うから……

「んむっ」

俺は彼女の唇に、貪《むさぼ》るように口付けた。

「もう、抑えられない……」

「ましゃむねさん……」

千鶴さんはネクタイを解く俺の姿をじっと見つめている。

その目には、はっきりと欲情の色が浮かんでいた。

早く抱いて、と。その目が語っているようだった。

上着とネクタイだけを取り払った恰好で、彼女の小柄な身体を抱き寄せる。

千鶴さんはくすくすと楽しそうに笑って、身を寄せてきた。

「……ましゃむねさんの匂いがするー」

「………千鶴さん」

彼女は俺のシャツのボタンに手をかけて、前を露《あら》わにする。

……酒って、怖いな。あの初心《うぶ》な千鶴さんを、こんな風に変えてしまうんだから。

シャツのボタンを全部外した千鶴さんは、ちゅ、と俺の肌に唇を寄せる。

そして、仔猫が母猫に甘えるように、ちゅ、ちゅ……とキスをしては、たまに歯を立てたり吸いついたりする。

「……っ、千鶴さん」

「んっ。やぁー」

そのくすぐったい、愛撫《あいぶ》なのか甘えているのかわからない行為がもどかしくて、彼女の顎をとらえて引き離す。

すると、彼女は不満そうに頬を膨らませた。

………可愛い。

「俺にもさせて下さい」

「……だぁめ……」

「え？」

この期に及んで、駄目って。

目を丸くする俺に、彼女はにたり、と猫のように目を細めて言った。

「きょおは～、わたしがましゃむねさんをきもちくするんれす～」

改めて言おう。酒は怖い。

あの千鶴さんを、こんなに妖艶《ようえん》な小悪魔に変えてしまうのだから。

押し倒された俺の身体の上には、千鶴さん。

彼女の手と舌は、最初俺の胸を舐め、触っていたのだが……

「……っ」

その手がだんだんと下に下に向かい始め、

「んんっ」

臍《へそ》の辺りを舌で舐め回しながら、かちゃかちゃとベルトを外していく。

そしてずり下げられた下着から顔を出す俺のソレに彼女は一瞬目を丸くして、（千鶴さんがこれをまじまじと見るのは、そういえば初めてかもしれない。いつも恥ずかしそうに目を逸《そ》らしているから）、それからにっと口元を歪《ゆが》ませた。

「おっきぃ」

「……っ！」

だから!!　そういうことをそんな顔で言われると、とっくに外れている箍《たが》がさらに……

って、なにを……っ。

彼女はさわさわと愛しげにソレに触れたあと、ぱくん、と先端を口に含んだ。

「つぁ」

今まで千鶴さんに口でされたことは、ない。

……というか、どこでそんなこと覚えて来たんですか千鶴さん!!

手で竿をなぞりながら、口に含んだ先端も舌でなぞる。

「千鶴……さん……っ」

「んぷっ。気持ちい？　ましゃむねさん」

「……っ」

上目遣いで見つめながら、愛しげにソレを頬に擦《す》り寄せる。

視覚的にも刺激がありすぎる。

そのあとも千鶴さんは、たどたどしくも懸命に奉仕《ほうし》してくれて……

「つぁ、もう……んんっ、あっ」

ついに俺は堪《こら》え切れず、彼女の口の中に出してしまった。

ああ……、なんてことを……

罪悪感に顔をしかめている俺を前に、千鶴さんはしばしぽかん、としたあと。

「ごくん」

「っ⁉　ち、千鶴さん⁉」

俺の精液を、飲み込んだ。

「うえっ、にがーい。まずーい」

それはそうだろう。そういうものだ、精液なんて。

というか、そんな、飲むなんて……

「の、飲まなくてもいいんですよ！　千鶴さん!!」

「ええ……？　だって……」

千鶴さんは、またも潤んだ目で俺を見つめてくる。

「……ほしかったんです……。ましゃむねさんの、せーえき」

「っ!!」

ああもう!!　なんだろうこの可愛い生き物は!!

どれだけ俺の胸を鷲掴《わしづか》みにすれば気が済むのだ。

普段は恥ずかしがりで初心《うぶ》なのに、酒ひとつでこんなに淫《みだ》らな姿を見せるとは……

「千鶴さん……」

俺は抑えきれず、彼女の身体を抱き締めた。

このまま彼女を思うがままに抱いて、啼《な》かせてしまいたかった。

のだが……

「んっ。ん……？　う……うえ……」

俺の胸の中で、千鶴さんがゴホッと咳《せ》き込む。

「き、きもちわる……」

「えっ？　ち、千鶴さん……？」

「も、だめかも……。おえっ」

「千鶴さん⁉」


その後。

俺は吐き気を催《もよお》した千鶴さんを、慌ててトイレに連れていった。

そして、俺の精液も含めて食べたものを吐きつくした千鶴さんは、

「うう｜。あたまいたい～」

と、今はベッドの上で唸《うな》っている。

三度目だが、言おう。

酒は、怖い……

＊＊＊

目が覚めると、ものっすごく頭が痛かった。

なんだこれ‼　頭にヘルメット被せられてガンガンゴン‼　ってトンカチで殴られてるみたいな気分。

「うええぇ……？」

これ、二日酔いだよね……

こんな酷いの、何年振りだろう……

とりあえず、薬でも呑むかぁ……と起き上がった私はそこでようやく違和感に気付く。

「あれ……？」

私は下着も着けず、何故か正宗さんの浴衣を羽織っていた。

そして、その隣には当然正宗さんがいるのだが……

その寝顔を見た私は、一気に昨夜の記憶が甦《よみがえ》り……

「あ……、あ……あああああああああああああああ!!」

絶叫、した。

昨日、酔っ払った勢いで……

わ、私……、わたしいいいいいい!!

「破廉恥《はれんち》!!」

やっちまった!!　破廉恥なこと、やっちまった!!

お、おまわりさーん!!　ち、痴女《ちじょ》がここに……ここに……っ!!

わ、わたし、わたし……

旦那様を襲ってしまいましたー!!

「い、いやぁ……!!」

――嘘だろ。嘘だと言ってくれ。

しかし、頭にこびりついて離れない記憶が、これは現実だと教えてくれる。

はっきりとは覚えてないけど、確か私、正宗さんを押し倒して、その……

フェ、フェラをっ……

「うああああああ!!」

馬鹿じゃないの!! ほんと馬鹿じゃないの!!

精液ごっくんとか、どこのAVだよ!!

挙句《あげく》、吐くとか。吐くなら飲むな!! 飲むなら吐くな!!

って、そもそも飲んじゃ駄目えええええ!!

私は頭を抱えて俯《うつむ》く。本当ならこの場でもっとわめきちらして、のたうち回りたいくらいだけど、隣で正宗さんが寝ているのでそれもできない。

って、はっ!!

ま、正宗さんはどう思っていらっしゃるのだろうか……

や、やっぱり引かれた⁉ ドン引かれた⁉

引くよねそら!! 酔っ払って全裸って、最悪だあああああ!!

そして、あの痴態《ちたい》。穴があったら入りたいいいいい!!

「はっ」

ま、まさか……これがきっかけで、り、離婚に発展したり……

「いやあああああ!!　ごめんなさぁあああああい!!」

「…………？　千鶴さん……？」

「あっ」

正宗さんお目覚め⁉

そりゃあ、隣でこんだけ騒いでいたら目も覚めますよね、ごめんなさあああい!!

目を覚ました正宗さんを見た瞬間、私は反射的に、

「⁉」

ジャンピーング!!　土下座!!

ベッドから飛び降りて、床に土下座しましたあああ!!

「ごっ、ごめんなさい!!」

「千鶴さん……⁉」

ああ、もうほんと最悪!!　最低!!

「正宗さんのお留守に深酒《ふかざけ》した挙句、酔っ払って全裸で絡んで、アレしてソレしてリバースして本当にすみませんでしたあああ!!」

もう二度と!!　二度とお酒なんて!!

「千鶴さん……」

「あのっ、に、二度とあんな失態は犯しませんので、どうか……」

やばい。涙が出てきた。

「き、嫌いにならないでぇ……」

「…………馬鹿ですね、千鶴さん」

うえっ⁉

は、初めて正宗さんに「馬鹿」って言われた気がする……

これは、相当お怒りで……？

「これくらいのことで、嫌いになんてなりません」

「ま、正宗さん……」

（あなたは神か‼）

「で、でで、でも、ご迷惑を……」

私がそう言ったら、正宗さんは少し考えるそぶりを見せたあと、

「……それじゃあ、俺のお願いを聞いてくれたら、許します。それで、もう水に流しましょう？」

と何やら意味ありげな視線を投げてきた。

「お、お願い？」

なんでもやります‼　それで許していただけるなら‼

私がそう右手を上げて（挙手ですよ挙手‼）言うと、正宗さんはふっと、ちょっと

意地悪な笑みを浮かべてこう言った。

「千鶴さんからキスして下さい。そして、今夜はどうにかして早く帰ってくるので――」

昨夜の続きをしてもいいですか？

そう、囁かれて。

「えっ、えええええええええええええ⁉」

私は顔を真っ赤にしながらのけぞった。

そして、微笑を浮かべたまま待ち構える正宗さんには逆らえず、

「う……うう……」

ベッドに舞い戻って、その……、正宗さんの唇に、ちゅ、ちゅちゅちゅちゅちゅ、ちゅー
を、ですね。

「んっ！」

ぶちかましましたああああああああ‼

柏木千鶴、二十八歳。

二度と酒は飲むまいと、誓った朝でございました……

意外過ぎた真実

結婚してから初めて迎える二人だけの年末年始はあっという間に過ぎ、正宗さんの学校の冬休みも終わって、また穏やかな日常が戻ってきた一月のある夜のこと。

正宗さんは今、書斎でテストの採点をしている。

私はその邪魔にならないよう、一階の茶の間で炬燵《こたつ》に入って寝そべりながら、漫画を読みふけっていた。

それにしても、テストの採点かあ……。先生って大変だなあ。家に帰ってからも仕事があるなんて。

「……あ」

読んでいた漫画のページをぱたりと閉じる。

(……小腹が空いた……)

うーん、何かお菓子あったっけか～？　と思いを巡らせて頭に浮かんだのは……

ほかほかの、真っ白でまぁるいシルエット。

ぱくっとかぶりつけば、じわっと溢れる肉汁。

魅惑の食べ物、肉まん。

「……食べたい……」

や、やばい!!　無性に食べたいんですけど肉まん!!　しかもコンビニの肉まんが!!

コンビニに行くならついでに飲み物とか、あっ！　あと週刊漫画を立ち読みしてこようかな。ふへへへへ。

コンビニ楽しいよねえ、コンビニ。

スーパーよりお値段張るけど、コンビニにしか置いてない商品が山ほどあるし。それに、夜遅くまでやってるってとこが良い。

（うん。行ってこよう）

私は読んでいたシリーズ物の漫画本を積んで、上着と財布を取りに行くべく二階に上がった。

コンコン、と正宗さんの書斎の扉をノックする。

中から「どうぞ」という声が聞こえたので、私は中には入らず扉だけ開けて、正宗さんに「これからコンビニ行ってきます」と告《つ》げた。

「今から……ですか？」

「はい。……えへへ。実は無性に肉まんが食べたくなっちゃって……」

「肉まん……」
ヤ、ヤバイ、呆れられた⁉
こいつコンビニに肉まん買いに行きますって、どんだけ食いしんぼうだよ‼　って。

「……………………」

無言のままの正宗さん。

ええっと、どうしたもんか……

「……俺も行きます」

ええっ⁉　で、でもお仕事……。テストの採点が……

「こんな時間に、千鶴さんを一人でコンビニなんて行かせられません」

はうあっ‼

な、なんかもう……。色々とすみませえええええん‼

肉まんの誘惑に勝てなくて、すみませええええええん‼

結局二人で、駅の近くにあるコンビニに向かうことになった。

家の近くにはコンビニないんだよねえ……。だからちょっと歩くけど……でへへ。

こうして夫婦で夜の散歩ってのも、悪くないねえ。

外はちょおっと寒いけど、コートも着てマフラーも巻いて手袋もしてるからばっちり。

それに、熱々の肉まんが待ってるとなれば……

あー、楽しみだなあ肉まん。あっ！　チーズとろーりなピザまんも……あまーいあんまんも捨てがたい……っ。

「正宗さんは、何まんが好きですか？」

「……そう、ですね……。豚まんとか、好きですよ」

「豚まん!!」

それもいいー!!　肉まんよりちょっとお高い豚まん!!

お肉たっぷりぎっしりで、美味《おい》しいんだよねえ。

やばい……。想像しただけでよだれ出るわー。

そうこうしているうちに、コンビニに到着!!

あー、暖かい暖かい。

この、夜でも煌々《こうこう》と明かりの点《つ》いた店内に入ると、わくわくするよねえ。テンション上がる。

ちらっと、レジ隣のホットスナックコーナーを確認。

よし!!　中華まんは全部揃《そろ》っている!!

安心して、他のコーナー見て回ろうっと。正宗さんが一緒だから、長居はできないので週刊誌コーナーはスルー。

カゴを手にとって、最初は飲み物コーナーへ。

手にとったのは、パックのミルクティー。ふふふ。帰ったらこれを飲みつつ漫画を読むのだ。ミルクティー美味《おい》しいよね。大好き。

「正宗さんは何がいいですか？」

今日は付き合ってもらっているので、お代は私のお小遣いから!!（といっても、正宗さんが稼いでこられたお金なので、偉そうなことは言えないのですが……）

「……それじゃあ、これを」

正宗さんが選んだのは、缶のブラックコーヒー。

それと、お菓子コーナーで私がぽいぽいとカゴに入れたスナック菓子を持ってレジへ。

「えっと、あと肉まんと豚まん一つずつ下さい！」

と、店員さんに注文して、袋に入れてもらう。

そしてお会計を終えると、正宗さんが何も言わずにすっと袋を手にとった。

こ、これは……。「俺が持ちますよ」って、やつですかあああ!!

も、申し訳ないですよ正宗さん!!　だってこの袋の中の八割は私のお腹の中に入るんですよ!!

「あ、あの……っ」

「帰りましょうか」

「は、はーい……」

うう……。だめだ。

正宗さんの微笑には、逆らえる気がしない!!


目的の物も買ったし、あとは帰るだけ。

肉まんが冷めちゃう前に家に帰らないとね。

と、家路についたのですが……

(ん……?)

家の前に、人影がある。

誰だろう? こんな時間にお客さんかな? と思ったら、

「ちーちゃああああああああああんん!!」

その人影がこちらに気付いて、突進してきた。

「ぐえっ!!」

おっ、お腹にタックルだと!?

千鶴は五十のダメージ!!

うえええ、食後じゃなくて良かったああ!!

あやうくリバースするところだったぜ……

「今夜泊めてえええええ!!」

って!! 私のお腹にタックルかましてしがみついてらっしゃるのは幸村先生!?

「お前っ……!! 離れろ馬鹿!!」

正宗さんがしっと幸村先生の身体を掴んで引っぺがしてくれたので、私は助かった。

というか、正宗さんが幸村先生に言う『馬鹿!!』に萌えるんですけどおおお!!

はっ! そんな場合じゃないって。

幸村先生いったい何があったんですか? こんな時間に、いきなり泊めてって。

「ううう……。もうやだ。もう無理」

「……またか」

「俺、今夜は一人でいたくなーい!! お願い正宗!! 泊めて!!」

た……、たったこれだけのやりとりで事情を察してらっしゃる正宗さん! 萌え!!

「ちーちゃん、お願い……」

「うっ!!」

そんな、潤んだ瞳で見上げられたら断れるわけないですよ!!

「わ、私は構いませんが……」

「ありがとっ!! ちーちゃん大好きぃいい!!」

私の手をぎゅっと握り締めて、幸村先生はちら……と正宗さんを窺《うかが》う。

そうです。私がオッケーを出しても、最終決定権は正宗さんにあるのですよ。

「…………………はぁ。わかった」

泊まって行け、と言う正宗さんと。

「……うん。悪いねえ、いっつも……」

ちょっとしんみりした感じで、お礼を言う幸村先生。

これ、ちょ……

私、お邪魔じゃないですかねえええ!?


そして現在。

私と正宗さんと幸村先生は茶の間の炬燵《こたつ》を囲んでいる。

炬燵の上にはコンビニで買ってきたお菓子と冷蔵庫にあったお酒。

幸村先生は「飲まないとね、やってられないよ……」とビールをぐいぐい。

正宗さんは呆れつつも腹を決めたのか、お仕事はいったん置いておいて、一緒にビールを飲んでいる。

私も、冷蔵庫に常備している梅酒でお付き合いしようと思ったんだけど……

この間の一件があるからか正宗さんに止められて、今は買って来たミルクティーを飲みながら肉まんを食べている。

うん。美味《おい》しい。

ちなみに正宗さんも、ビール飲みながら豚まんを食べてます。

そして私が美味しそうだなあ……とその豚まんを見ていたら、にこっと微笑《ほほえ》まれて無言で豚まんを差し出してくれました。

あああああ!! 物欲しそうに見えましたか!! でも嬉しいです。豚まんうまし!!

一口頂いて、お返ししました。「もっと食べてもいいんですよ?」と言われたけど、お、お気持ちだけ……っ。

……それにしても幸村先生、何があったんだろうなあ……

私はモシモシと肉まんを食べながら、二人の会話に聞き耳を立てる。

「ううう……。どうしていつもこうなるんだろ……。俺、仕事辞めた方がいいのかな……」

「それを相手が望んでいるのか」

「……だって……。ちょーっと研修とか、残業とか。俺がいない間に、あいつ……」

「今に始まったことじゃないだろ」

「わかってるよ!! でも、最近は……」

俺だけだと思ってたんだよ……と炬燵《こたつ》のテーブルに突っ伏す幸村先生。

こ、これって……、色恋絡みの話ですよね!?

しかもこの雰囲気。幸村先生がお仕事で会えない間に恋人さんが浮気？　してるみたいに聞こえるんですけど!!

そして、「今に始まったことじゃない」って、正宗さん!!

そのまま慰《なぐさ》めて押したお……ってぇ、げふんげふん!!

今は腐妄想は封印!!

（……それにしても……）

幸村先生の恋人って、どんな人だろう。

あの高級料亭の娘さん？　なんだよね。で、しょっちゅう浮気する……？

私の頭の中で、むくむくと『幸村先生の恋人さん像』が出来上がっていく。

あの料亭に行った時、出迎えてくれた女将《おかみ》さんはすっごく綺麗な人だった。

あの女将さんに似た、和風クールビューティ系……とかかなぁ、やっぱり。

「……放っておくお前が悪い、とか言って……あいつ……」

（えええええええ!?　そんな理由で浮気ですか!?）

「……確かに、寂しい思い、させてるかもしんないけどさ……」

幸村先生の恋人さんは寂しがり屋さん……と。

しかし、そんな理由で浮気されたら辛いでしょうよ。

幸村先生が恋人さんのことを大切に想ってるの、初めて聞いた私にだって伝わってくるよ。

そんなに浮気を繰り返されながらも別れられないのって、つまりそれだけ本気で好き……ってことなんだよね？

うう～ん……。リアルの恋愛って、やっぱ難しいもんだなあ……。ままならないなあ……

「…………………」

「だからって‼ 出張から帰って会いに行ったら別の男と布団に入ってるとか‼ ひどくない⁉」

「ブホッ‼」

それどんな修羅場あああ⁉

思わずミルクティー噴いちゃったい。

しかし……。な、生々しいですよ幸村先生。

「裸でさ！ もう‼ あいつ絶対俺が来るってわかっててやってんだよ‼」

そ……それって……、ものすごく決定的な浮気現場ですよね。

恐らく九割の人が、そんな現場を目撃したら別れを選択すると思いますよ。

「……………うう……。わかってる。わかってるんだよ……。俺が………」

幸村先生は空のグラスを置いて、言葉を続ける。

「……あいつにとって、抱き枕の一人に過ぎないってこと…………」

幸村先生はそのまま寝入ってしまった。

顔はお酒のせいで赤くなって、目元は涙で濡れている。

なんだか、切ないなあ……

こんなに良い人に、こんな思いをさせるなんて……

恋人さん、なんて悪女なんだ!!

こんな素敵な恋人に、『抱き枕の一人に過ぎない』なんて、言わせてんじゃないですよ!!

「幸村先生のお布団、敷いてきますね」

私は空のグラスを片付けながら、正宗さんに言う。

しかし、正宗さんは、

「いや……、大丈夫です。迎えを呼びますから」

と言って、幸村先生の胸ポケットから携帯を取り出した。

それを慣れた様子で操作し、どこかに電話をかけている。

「？」

幸村先生、一人暮らししてるって聞いたけど、誰を呼ぶんだろう……？

まあ、とりあえず風邪を引かないよう、ブランケットでも取って来るか。

幸村先生を炬燵《こたつ》に寝かせたまましばらく待っていると、ピンポーン、と呼び鈴が鳴った。

幸村先生のお迎えの人が来たのかな。

「はーい」

立ち上がって、玄関に向かう私。

そして、玄関の鍵を開けて引き戸を開けた瞬間。

(えっ…………)

私は驚きのあまり、絶句した。

何故なら、そこに立っていたのは、

「……？　ここ、正宗の家だよな」

が、外套《がいとう》の下に着物を着た……

淡い茶色の髪に、同じく淡い茶色の瞳の……びっ、美青年、だったからです!!

「あの馬鹿を迎えに来いって言われたから、来たんだけど」

こっ、この美青年がお迎え!?

えっ!?　まったく似てないけど、もしかして弟さん!?

「え、えと。お兄さんなら今寝てて……」

「はぁ？」

美青年はその美しい顔を不快そうに歪《ゆが》め、「……あいつ、こっち？」と言ってブーツを脱ぐと（あ、下駄とか草履《ぞうり》じゃないんだブーツなんだ。寒いもんなぁ）、ずかずかと家の中に入っていく。

「……」

「正宗……」

そして彼は、玄関に向かってきていた正宗さんとばったり顔を合わせた。

何故かしばし無言で睨《にら》み合う二人。

あれっ？　なんかお二人、仲悪い……？

「テメエ、くだらないことで呼び付けやがって」

「……そもそも、原因作ったの誰だ……」

「知るか、バーカ」

おおっとぉ。

美青年は随分《ずいぶん》とお口が悪い。

しかし美形が凄むと、迫力がありますな……

ああああっ。でも対する正宗さんの眉間にも、し、皺《しわ》がっ。

私はハラハラと二人のやりとりを見守った。

「で？　あいつは？」

「彼女が言ったろう。寝てる」

「ちっ。めんどくせ……」

美青年は苛立たしげに髪を掻き、「真、起きろ!!」と茶の間に入っていく。

そして、数分後……

「ったく。潰れるほど飲ませるんじゃねえよ」

幸村先生を肩に抱いた美青年が、悪態を吐《つ》きながら玄関に戻ってきた。

美青年は幸村先生と比べるとちょっと小柄なので、大変そう。

手伝った方が良いかなあ。

「……………………」

ん？　美青年がじっと私を見ている。

やっぱ手伝いましょ……

「……そういやこのちんくしゃ、誰？」

ちっ、ちんくしゃあああああああああああ!?

「水無月《みなづき》!!」

「……あ？　あーあ。そうかそうか。これが例の嫁か。フウン……」

なっ、なんだよ……

上から下まで舐めるように見やがって!!

いくら幸村先生の身内だからって、許さないぞ!!

「……ハッ。貧相な身体だなァ、オイ」

っ!!　むきゃあああああああああ!!

鼻でっ、鼻で笑いやがったあああああ!!

しっ、しかも貧相!?　貧相だと!?

そんなこたぁ、言われなくたって自分が一番わかってんだよおおお!!

「お前……いいかげんに……」

「邪魔したな、正宗」

「これっきりにしてもらいたいものだな。同じようなことを繰り返して、こっちにまで迷惑かけるな」

「つるせ。お前の言うことはいちいち説教くさくてウゼーんだよ」

美青年は感じ悪いセリフを残して出ていった。

今初めて気付いたけど、玄関先に停まってる車、べ、ベンツなんですけど!!

しかも美青年、後部座席に幸村先生放り込んで、自分も後部座席に……って。つまり運転手付きベンツでお迎えってこと!?

あの人いったい何者⁉

ぱくぱくと、金魚のように口を開閉してベンツが去ったあとの道を見つめる私。

正宗さんは「はあ……」と重いため息を吐いて、私に「すみません……」と謝る。

「……あいつは少し、いやかなり、性格に問題がありまして……」

ああ、だからあの態度？

いや確かに良い気はしませんけど、正宗さんが謝ることじゃないですよ‼

それにまあ、滅多《めった》に見れない美青年を間近に見れて、ある意味美味《おい》しかったのか。

うん。

そういうことにしておこう‼

「いえいえ。私は気にしていませんよ。それにしても、随分《ずいぶん》似てないご兄弟ですねえ」

「え……？」

え？　なにその疑問符。

もしかして、私、間違えてる？

「ええっとあの、みなづきさんでしたっけ？　あの人は幸村先生のご兄弟じゃなくて……」

迎えに来る＝《イコール》家族。正宗さんや幸村先生より若い青年ということは弟？　じゃないかと思ったんだけど、違うのか。だとすると……

「ご親戚の方ですか？」

ベンツで迎えに来てくれるなんて、お金持ちなご親戚ですねえって言ったら、正宗さんがさらに困ったような顔をする。

えええええ？　これも違うの⁉

「……すみません、いつか言わなければと思っていたんですが……」

「？」

「………幸村は、同性愛者です………」

「えっ」

い、今……

私の耳は、何を聞きとったのでせうか……

ドウセイアイシャ。

同性……愛……。愛……。愛……？　愛ってなんだろ……

愛……アイは……

「え……と」

それは、つまり……。愛は愛で？　同性は、同じ性別ってことで？　つ、つっつつつまり!!

リッ、リアルBL!!　ぼーいず・らぶ!!

「……だから、あの迎えにきた男が…………」

あまりの衝撃に、目がっ、目がクワアッと!!

限界まで、見開かれております私っ!!

頭パーン!! ってなりそうなんですけど!! ええええ!?

「幸村の、やけ酒の原因……です」

むぅあじでぇすくぅわぁあああああああああああ!!

えっ!? えええええええええええええ!?

てことは、つまり……?

あの美青年と幸村先生が、ぼーいず・らぶ!! な関係で?

美青年×幸村先生? いやいやあの美青年は誘い受けと見た!!

ってことは幸村先生×美青年!!

そしてあの美青年は、幸村先生の留守中に他の男とよろしくやっちゃう(やべぇそれはそれで萌える!!)ような浮気者で?

幸村先生の、やけ酒の原因、と。

いやああああああああ!!

ちょう萌える!!

幸村先生ごめんなさあああああああああいいいいい!!

チャラく見えるけど実は健気系攻め×口汚い尻軽魔性の受け!!　いやあああああ萌える!!

おっ、落ち着け。落ち着け私。

ヒッヒッフー。ヒッヒッフー。

……………………よし。よし!!

「あの……」

「すみません。いつか話そう……とは思っていたのですが」

いやいやわかります!!　デリケートなお話ですもんね!!

「あのっ、私、偏見とかないんで!!」

むしろ大好物なんで!!　とまでは言えないけど。

「気にしませんっ。あの、幸村先生は、何があっても幸村先生です」

うん。これは本当。いいじゃないですか誰を愛したって!!

愛はねえ、愛は……平等なんだよ!!　BL、GLどんと来い!!

「千鶴さん……」

まっ、まさか身近にこんなに萌えるBLカップルがリアルで存在したとは……っ。

神様ありがとうございますうううう!!

それから、正宗さんは後片付けを手伝ってくれながら、ぽつぽつと二人の話をしてくれた。

幸村先生とあの美青年（みなづきろうさん。『水無月朧《ろう》』って、書くらしい。現在は美大の大学院生）は遠い親戚同士で、一時期、幸村先生が水無月さんの家庭教師をやっていたらしい。

そして、水無月さんは幸村先生の他にもその……何人か肉体関係（って言うと、すごくエロく感じるな……）を結んでいる人がいて。

幸村先生も、それはわかっているんだけど、でも、どうしようもなく好きで……

だから水無月さんと喧嘩《けんか》したり、他の男の人の所に行かれた時はいつも、あんな風にお酒でごまかしてついつい飲みすぎてしまうらしい。

『……あんな男のことは、もう忘れてしまえ……』

『言うなよ、正宗。それでも、俺は……俺は……』

『俺のモノに手を出そうなんて、良い度胸じゃねえか正宗』

『……黙れ。幸村を玩《もてあそ》ぶのは、もうやめろ』

——って、私の馬鹿ぁあああああああ!!

あっ、頭の中に、ぼーいず・らぶ!!　なセリフが溢れてくるよおおお!!

このっ、このっ!!　腐女子脳め!!

「人の恋路に首を突っ込むなんて野暮《やぼ》なことだと、わかってはいるんですが……」

いっそ別れてしまえと、離れてしまえばいいのにと、何度思ったか知れないと正宗さんは言う。

「…………っふふ」

「千鶴さん？」

やべえ!!　ついついにやけが……!!

ああ駄目だ……。萌えが止まらない……っ!!

「正宗さん、お友達思いなんですねぇ」

「っ。……い、いえっ。そういうわけでは……」

アレ？　正宗さん、て、照れていらっしゃる？

も、萌えっ!!　じゃない。か、可愛いー!!

「……でも、水無月さんは幸村先生のこと、ちゃんと好きなんだと思いますよ？」

「……え？」

そりゃあ、ちょおっと口が悪くて失礼な人だと思うけど。（でも美形だから許す!!　むしろあの外見であの悪態とか……。萌える!!）

「だって、あの料亭からうちまで結構距離があるのに、迎えにくるの、随分《ずいぶん》早かったですよね？」

「…………………………」

ベンツを飛ばしてきたとしか思えない早さだった。

あのプライドの高そうな美青年が、抱き枕のうちの一人にすぎない人のために、急いで迎えに来たりするかなぁ？

それって、やっぱり……

「……もしかしたら、幸村先生のお帰りの日に他の男の人と一緒にいたのも……」

ああ、妄想が止まらないっ……!!

「嫉妬《しっと》してほしかったから、とか？」

きゃああああああああああ!!　萌えッ!!　萌える!!

うふふふふ。それともあれかなぁ。あの美青年も、恋仇《こいがたき》（違う!!）の正宗さんから連絡されて慌てて迎えに来ちゃったのかな、フフフ。

幸村先生頑張って!!　私、あの美青年の本命は幸村先生だと思うのです、腐女子の勘が告《つ》げているのです!!

幸せになって下さいねえええええ!!

「……………千鶴さんも」

「えっ？」

「嫉妬してほしい……と思うことが、あるんですか？」

隣で洗ったグラスを拭いてくれている正宗さんが、じいっと見つめてくる。

な、なんか……

そんなに熱い視線を向けられると、は、恥ずかしい……

「……えと、あの……。…………………はい」

なんだこれ!!　恥ずかしい!!

「あっ、あの。あのでも!!　私、浮気とかしないんで!!」

浮気して嫉妬を煽《あお》るとか、絶対できないんで!!

慌てて言ったら、正宗さんは「……はい」と嬉しそうに微笑《ほほえ》んだ。

だっ、だからその笑顔は……反則ですぅうウうウ!!

さりげなく、告白

今日、正宗さんは職場の飲み会で帰りが遅い。

一人で夕ごはんを食べて、茶の間のテレビでゲームをやっていたら（私の部屋にもテレビはあるけど、茶の間の方が大きいのでよくここでやっているのだ）、玄関の呼び鈴が鳴った。誰だろう？

玄関の扉を開けると、宅配便のおじさんが段ボールを手にして立っていた。

宅配便かあ……。この間ネットで注文したゲームかな？　……にしては箱が大きいな。

伝票の受け取り欄に『柏木』とサインする。

「……っと」

いまだに慣れない。ついつい癖で、旧姓の『峰岸』と書きそうになるんだよね。

それにしてもこれ、なんだろう？

日付と時間が指定されている段ボールの伝票には、送り主の枠に柏木正宗と書いてある。

で、受取人の名前が柏木千鶴。私だ。

正宗さんが、私に……？
はて、なんだろうと思って段ボールを開ける。
そして中の荷物を確認した瞬間、私は……

「………‼」

絶句、しました。

そして現在。
私は寝室の姿見の前で、ポーズ中です。
身につけているのは、自分ではぜったいに買わない、いや買えない、エロい下着。
セクスィー・ランジェリー。
（……まさか……）
まさか夫に、下着を贈られる日が来ようとは。なんというサプライズなプレゼント。
……正宗さん、こういうのが趣味なのかな……？
それとも、私にあまりに色気がなさすぎて？
しかし……
（……心許《こころもと》ないなあ……このスケスケ感……）
今私が着ているのは、黒地にピンクレースのブラとショーツ。しかもショーツは、両サイドをリボンで結ぶタイプのヤツ。いわゆるヒモパンってやつですよ!! 初めて穿《は》いたわ!! しかも布面積ちっさ!! この小ささで何を守れと……

そしてピンク地に黒レースのベビードール。これがほとんどシースルーで中が見えまくり。

しかも背中が大きく開かれていて、背中のブラベルトが丸見え。

さらにピンクレースのガーターベルトに、黒のレースが縁取られたストッキング。

ピンクが入っているせいか、セクシーながらも可愛らしさのある、エロカワなコーディネイトである。

……そうか。正宗さんはこういうのがご趣味か……

最初は衝撃を受けたものの、それをいそいそと試着しちゃってるのは、ちょっと興味があったから。

初めて着たわ、ベビードールとか。

ガーターベルトも、ウエディングドレスを着る時に穿いたくらいだし。

…………結構、可愛いんじゃないか……?

ちょっと自画自賛《じがじさん》したくなる。

ブラのパットの威力、すごい。た、谷間とかできてるんですけど!!

私は姿見の前で、ベビードールの裾《すそ》をつまみ、にこっと笑う。

ううわああああ……。なんか恥ずかしい。
でも……楽しい……かも。
調子に乗った私は、さらにポーズを決めていく。
えっへっへ。こんな姿、絶対他人には見せられませんなあ。
おっとお!! ショーツが小さいからお尻が丸見えじゃありませんか、恥ずかしい!!
えーと。えーと。次は……
私はベッドの上にぴょーん！　と飛び乗って、四つん這《ば》いに。
そして姿見に向かって振り返り、キメ顔を作った。
「ザ・女豹!!」
ドヤァッ。
と、女豹ポーズで遊んでいた時。
がちゃ……と。開くはずのない扉が開きました。
「!?」
ええええええええええ!?
なっ、なんで正宗さんが息を切らして、そこに立っておられるのですかああああああ
あ!!
って。はうあっ!!

わっ、私なんちゅうポーズを……っ。つか、なんちゅう恰好を……っ!!

「……はぁ。千鶴……さん。その下着………っ」

「あっ、あのあのっ。こっ、これはぁ……」

正宗さんの留守中に、セクシー下着で遊んでたとか……

私、恥ずかしすぎるぅああああああああああああ!!

何故気付かなかった!! 正宗さんの足音に!!（セクシー下着に夢中すぎだろ!!）

「……っ、水無月……っ」

えっ？ そこで何故水無月さんの名前が……？

「……今すぐっ、その下着を脱いで下さい!!」

「ええええええええええ!?」

すっぱだかになれ、と!?

「ま、正宗さんごめんなさい……。に、似合わなくて……」

そ、そんなに……そんなに似合ってませんか、私!!

ちょ、泣きそうなんですけど!!

似合わないから脱げとか、泣きそうなんですけど!!

「違います……。そうじゃなくて、むしろ似合いすぎていて気に入らないというか……」

「きっ、気に入らないいいいい!?」

なんだよもおおおおお!!

これ、これ選んだの、正宗さんでしょおおお!!

＊　＊　＊

時はしばし遡《さかのぼ》る……


居酒屋を貸し切っての教職員の飲み会。

同僚の先生方に次々と酒を注がれたせいか、いつもより酔いが回っている気がする。

二次会には出ずに帰るか。

そして一次会は佳境《かきょう》に入り、先生方が好き好きにあちこちの席に移動し始めた頃、しばらく姿が見えなかった幸村が慌てた様子でやってきた。

「ごっ、ごめん!!　……正宗、怒らないで聞いてくれる?」

「……は?」

「だから怒らないでって言ってんの。怒らないなら話す……!」

怒らないも何も、話を聞かないことには判断できないじゃないか。

俺は「いいから話せ」と先を促《うなが》した。

そして幸村は躊躇《ためら》いながらも……とんでもないことを言ったのだ。

「……その～、朧がさ……。前にちーちゃんに会ったらしいじゃん？」

「ああ……」

酔い潰れた幸村を迎えに来させた時だな。

あの性悪……。言うに事欠いて千鶴さんを『貧相』と評したのだ。

今思い返しても腹が立つ……!! 千鶴さんは貧相じゃない。華奢《きゃしゃ》なんだ。

「……あいつ、お前に嫌味ったらしく説教されたのが気に入らなかったらしくて……」

「はぁ？」

何が嫌味だ。

あいつの悪態の方がよっぽどだろうが。

「……その……お前の名前で、ちーちゃんに…………エ……」

「エ？」

「……エロい下着、送りつけたらしいんだ!! 今日の飲み会のこと知ってて、時間指定したからついさっき届いたはずだって」

なん……だと……？

幸村は携帯を取り出し、水無月から届いたらしい俺宛のメールを見せてくる。

そこには、

『テメエのちんくしゃ嫁を少しは見られるようにしてやるよ。せいぜい盛《さか》れ。バーカ』

明らかに、悪意と敵意しか感じられない一文。

あ……っの……!!　性悪!!


俺は会費を幸村に預け、タクシーを捕まえて急いで家に向かった。

他の男が贈った下着なんか、彼女に着せたくない。

子どもじみた独占欲だとわかってはいる。

だが……っ。


「くそっ」

釣りはいりません、と運転手に代金を支払って、タクシーを降りる。

焦っているせいで、玄関の鍵を回す手が震えた。

一階に千鶴さんの姿はなく、俺は二階に駆け上がる。

そして、寝室の扉を開けた瞬間……

危惧《きぐ》していた事態がすでに起こっており、俺は怒りのあまり、今すぐ水無月の所に怒鳴り込みたい衝動に駆られた。

(……くそっ!!　あの性悪が……っ)

いや……。落ち着け。

まずは、冷静に……。冷静に、目の前の事態に対処しなければ……

千鶴さんは、驚いた表情で俺を見ている。

それはそうだろう。帰りが遅くなると言っていたはずの俺が、突然帰って来たのだから。

それにしても……

なんて恰好をしているんですか千鶴さん!!

彼女はよりによって、例の下着を身につけて、ベッドの上に四つん這《ば》いになっていた。

「………はぁ。千鶴……さん。その下着…………っ」

走ってきたせいで、息が切れる……

「あっ、あのあのっ。こっ、これはぁ……」

慌てる千鶴さん。

彼女が身につけていた下着は、千鶴さんに良く似合っていた。

似合いすぎていて、気に入らないほどに。

これを他の男が、あの性悪が贈ったのだと思うと——

「……っ、水無月……っ」

腸《はらわた》が煮えくり返る!!

「……今すぐ、その下着を脱いで下さい」

「ええええええええええ!?」

俺は千鶴さんの肩を掴んで、迫る。

言葉尻が乱暴になってしまうのは、酒のせいだろうか。

怒りと焦燥《しょうそう》のせいだろうか。

「ま、正宗さんごめんなさい……。に、似合わなくて……」

ああ、千鶴さんが涙目になっている。

すいません。あなたを責めたいわけじゃないんです。

ただ……他の男に贈られた下着を纏《まと》って、そんな可愛い顔をしないで下さい……っ。

「違います……。そうじゃなくて、むしろ似合いすぎていて気に入らないというか……」

「きっ、気に入らないいいい⁉」

千鶴さんは大きな声を上げた。

ああ違う。だから似合わないから気に入らないとか、そういう話じゃなくて……

……ああ、もう‼

「黙って、下さい」

俺は彼女の口を塞《ふさ》ぐように強引に唇を奪うと、その頼りなげな細い肩紐に手をかけた。

＊　＊　＊

「んんっ!!」

怖い顔をした正宗さんが、突然キスをしてきた。

絡められる舌先から感じる、濃いお酒の味。

まさか正宗さん、かなり酔っていらっしゃるのか⁉

そして強引に引っ張られる、ベビードールの肩紐。

ちょっ!! 今ビリって、ビリっていいましたよおおお!!

無理やりずり下げられたベビードールは、唇が離れるのと同時に足の方から引き抜かれた。

「……は……ぁっ、はぁ……っ。正宗……さん……？」

怖いよおお!!

なんでこんな怒ってんの⁉

思わず後ずさったけど、すぐに右手を取られて引き寄せられた。

そして外される、背中のブラホック。

って、ああああああ!! パットがあああああ!!

せっかくの谷間がああああ!!

私はあっという間に、上半身はまっぱ、下半身はヒモパンとガーターベルトとストッキングという恥ずかしい姿にされてしまった。

なんだこれ!!　なんだこのAVみたいな状況!!

次に正宗さんが手をかけたのは、ショーツのサイドリボン。これをしゅるっと解かれて引っ張られると、あっという間にアソコが丸見えに……

ガッ、ガーターベルトとストッキングだけとか!!

いやあああ!!　破廉恥《はれんち》!!

猥褻物陳列罪《わいせつぶつちんれつざい》で捕まる!!

「……千鶴、さん……」

「……なんで……、……なんで正宗さん怒ってるんですか……?」

声が震えて涙が滲《にじ》む。

なんなのもう!!　なんなのこの辱《はずかし》め!!

無理やり下着を剥《は》ぎ取られるとか、ちょう恐いんですけど!!

「……ううっ」

ガーターベルトに伸びていた正宗さんの手が、ぴたりと止まった。

「す、すみません……。千鶴さん」

「なんですかこれ、なんかのプレイですか凌辱《りょうじょく》プレイですか。プレイならそうだって言ってくれなきゃ心構えができですね……っ」

「いや……プレイではなく……」

頭に血が上りました、と恥じるように自分の顔を覆う正宗さん。

そして私は、なんとか落ち着いて下さった旦那様の口から、事の成り行きを聞いたのでした。

＊　＊　＊

「ええっ⁉　これ正宗さんが選んだんじゃないんですか⁉」

掛け布団で身体を隠し、驚きの声を上げる千鶴さん。

ベッドの上には、俺が無理やり剥《は》ぎ取った下着が転がっている。

「……水無月の嫌がらせ、です」

ご丁寧に、俺の名前を使って送りつけてきて……

俺が事情を説明すると、千鶴さんは顔を真っ赤にして、

「てっきり……まっ、正宗さんの……好みなのかと……」

と言った。

「…………違います」

好きか嫌いかで言えば、千鶴さんによく似合っていて可愛らしくも色気があり、前者……なのだが。

これをあいつが選んだのかと思うと……っ‼

「……説明もせずに、乱暴な真似をして申し訳ありませんでした……」

夫婦間でも強姦罪《ごうかんざい》は成立する。

俺のふるまいは、十分彼女に恐れを抱かせる行為だった。

頭に血が上っていたとはいえ……馬鹿なことを……

俺は深々と、千鶴さんに頭を下げた。

「え⁉　ええっと……。大丈夫……ですよ？　私、こんなことで正宗さんを嫌いになったりしませんよ？　む、むしろですね……。見慣れない下着に浮かれてさっそく身につけちゃうとか、あの、はしたなくてすみません……」

「千鶴さん……」

いや、千鶴さんは悪くない。

悪いのは俺と……あの性悪です……‼

「そ……それに……ですね……」

ちょっと怖かったけど、と前置きし。

「……乱暴な正宗さんも、その……好き、です」

と、小さな声で囁いた彼女のさりげない告白は、俺の理性を奪うのに十分すぎる一言だった。

「千鶴さん……」

「あっ⁉」

ぎゅっと、目の前の小さな身体を抱き締める。

そして、こつん、と額《ひたい》と額を合わせて。

「……乱暴にされるのが、好きなんですか……？」

そう、低く小さく囁けば。

「ぁっ‼」

千鶴さんの身体が、びくっと震えた。

そして怯《おび》えるような、けれどどこか期待するような潤んだ瞳で、俺を見つめる。

ああ、もう……

本当に、可愛い人だ。

唇にちゅっと軽く口付けて、俺は言う。

「んっ」

「……お望み通り、今日は少し乱暴に抱いてあげます。だから……」

彼女の身体をベッドに押し付けて、包んでいた布団を剥《は》ぎ取る。

千鶴さんの身体に残る、忌々《いまいま》しいガーターベルトとストッキングに目をやって、俺は囁いた。

「他の男から贈られたモノなんて、取ってしまいましょうね……？」

＊　＊　＊

乱暴に抱いてあげます、と。
そう囁かれてぞくりと肌を粟立《あわだ》てた私は、実はドMだったんだろうか。
あっという間にベッドに押し付けられ、布団を剥ぎ取られる。
そして囁かれた、「他の男から贈られたモノなんて、取ってしまいましょうね……？」
という言葉の通りにガーターベルトを奪い取られていく。
でも今度は、さっきまでのような乱暴な感じじゃなく、わざと焦《じ》らしているみたいな、
優しいゆっくりとした手付きだった。
そして残ったのは、両足のストッキング。
ライオンを前にしたウサギ……。いや、そんな可愛いもんじゃない。ネズミ……そう、
ネズミみたいに、私はされるがまま。（あ、両手でアソコを隠すのに必死でした）
最初に右足が持ち上げられ、ストッキングを引き抜かれていく。
「っ!!」
ストッキングを抜き取った素足の指に、ちゅ、と口付けられる。

な、なにこれええええ!! 今日の正宗さん、変だよおおお!!

酒か!! 酒のせいか!!

酒って怖いなぁあああ!!（お前が言うなって感じですよね、前科者です、すみません!!）

そして、すっぱだかになってしまった私を、どこか冷たい眼差《まなざ》しで見つめる正宗さん。

うう……怖い……けど。

かっこいい……と少し思ってしまう私はやっぱりドMですか!!

「ひゃぁっ!!」

正宗さんは、自分も上着を脱ぎ捨ててネクタイを緩《ゆる》めると、まるで血に飢えた吸血鬼みたいに、私の首筋に噛みつく。

唇で食《は》まれて、ちゅうっと、音を立てて吸い上げられる首筋。

肌に、正宗さんの歯が当たる感触。ゾ、ゾクゾクする……っ。

「あ……」

そして首筋をちろちろと舐められながら、正宗さんの右手に右胸を揉みしだかれる。

指先で先端を玩《もてあそ》ばれながら、挟まれ、弾《はじ》かれ、転がされていくうちに、やがてそこがぷくりと勃《た》ち上がっていく。

「や……ぁあ……っ」

み、右胸ばっかりは嫌ぁ……

む、胸の大きさ左右で違ってくる……とか思っていたら。

「はあっ……」

正宗さんは荒い息を吐きながら鎖骨に唇を寄せて、今度は左胸を玩び始める。

「うっ……うぁ……や……」

肌を食まれて舐められて噛まれて。

胸を揉まれて。

快感が、高まっていく……

子宮が、きゅうんとする、この感覚……

んん……、気持ち……良い……

「あ……っああっ……!!」

左胸を弄《いじ》っていた正宗さんの右手が、下に下に滑っていって。

とうとう、濡れ始めたばかりの秘所を暴かれる。

「んんっ!!」

指先が、ひたり……と入り口で止まって、くりくりっと突起を弄ったあと、間髪容《かんはつい》れずにぐっと入ってくる。

「あっ……」

乱暴に……という宣言通りだ。

いつもならもっと濡れるまで愛撫《あいぶ》してくれるのに、今日は問答無用で指がナカに入ってくる。

「あ……」

くる……し……

「まだ二本ですよ？　キツイ、ですね……」

そ、そんなこと言われても……っ。

「やあぁっ」

下に意識を向けていたら、今度は胸に噛みつかれた。

といっても、ちゃんと甘噛みなあたり、正宗さんはやっぱり優しい人だ。

「あっ、やぁ……」

「……んっ。ちゅ……っ……」

で、でもおっ。

おっ、音を立てて胸をむしゃぶられると、なんか……

すっごくエロいことをしているような（いや、エロいことしてるんですけど）、いけないことをしているような背徳感《はいとく》と、抗《あらが》いようのない快感とに挟まれて。

どうしようも……なくなる……っ。

「濡れてきましたね。千鶴さん。胸を弄《いじ》られて、感じてるんですか……？」

こっ、言葉責めとか……っ!!

ゾクゾクしちゃうんで、だめですうう!!

「んんっ」

くちゅりと、音を立てて引き抜かれる正宗さんの指。

そして正宗さんは、まるで見せつけるように、私の愛液で濡れた自分の指をぺろりと舐め上げる。

「っ」

「…………やっ」

やだあ……!!

き、汚い!!

は、恥ずかしい……っ!!

「……ん。もう、大丈夫そうですね……」

しっ、舌舐めずりは反則ですうううう!!

正宗さんはベルトをかちゃかちゃと外し、ズボンと下着を一気に下ろす。

そして、腰を掴んだかと思うと、ぐっと引き寄せた。

「えっ……、あっ、きゃあああああっ!!」

いきなり、正宗さんのソレに貫かれる。

「あっ……くる……し……」

突然の挿入に、一瞬息が止まるかと思った……

「大丈夫……。俺の背に、手を回して……」

苦しかったら、痛かったら、背中を引っ掻いてもいいですから……と言われて。

私は必死に、正宗さんにしがみつく。

「あっ、ああっ、やっ」

「はっ……っは……」

ぱちゅぱちゅと、水音を立てて触れ合う肌。

正宗さんのソレが、体勢のせいだろうか、奥に奥にと当たって……

「んっ……きもち……いっ」

「……っ、乱暴にされて、感じてるんですね……」

「ちっ、ちが……」

違う、と言いたいのに。

否定できないよおおお!! やっぱ私、ドMかもしれないいいい!!

で、でも……

「ま……正宗さん……だけっ」

優しくされても、乱暴にされても。

感じちゃうのは……大好きな、正宗さんだから……っ。

「……んっ……好き……、好き……なのぉっ……」

「……っ、千鶴……さん」

「あっ、アアアッ!!」

一際《ひときわ》激しい律動が、私を襲った。

ああ、頭が真っ白になって。

もう何も、考えられないよ……

＊　＊　＊

「本当に……すみません……」

互いに生まれたままの姿になって、俺は千鶴さんを抱き締めている。

あれから何度か交わって、千鶴さんは一度気を失ってしまった。

そして今、俺の腕の中で眠たそうにしている。

「……ん……。……謝らなくて、いいですよ……？」

少し嗄《か》れた声で言う千鶴さん。

いや、謝らせて下さい。

酒と怒りにまかせて、あなたに不埒《ふらち》な真似を……

「そりゃ……ちょっとびっくりしましたけど……。ドSな正宗さん」

「ドS……」

「でも、ふ、夫婦……なんですから……」

続く「だいじょうぶです」の言葉は、恥ずかしかったのか、とても小さく囁かれた。

「千鶴さん……」

……ありがとう、ございます。

ぎゅっと、彼女の小さな身体を抱き締める。

大事に、優しくしたいという想いと、激しく抱いて、いっそ壊してしまいたいという想いを抱かせる彼女が、心底愛おしい。

「……明日、といっても……もう、今日ですが……」

「……？」

俺は千鶴さんの首筋に顔を埋《うず》めて、囁く。

このまま、一緒に眠って。

そうして、起きたら……

「……お詫びに、新しい下着を贈らせて下さい。今度こそ、俺の選んだ下着を着てもらいたい……です」

「っ⁉」

不本意だが、本当に不本意だが。水無月の選んだ下着を纏《まと》った千鶴さんは、とても可愛らしかった。

だが千鶴さんには、ピンクも似合うが白も似合うと思う。

今度は、俺の手で千鶴さんを可愛くしたい。

「…………ふぁ…………………ふぁい……」

＊＊＊

そして、甘く幸せな夜を過ごした私達だったのです……が。

翌朝、正宗さんの携帯に幸村先生から（いや、アドレスは幸村先生なんだけど、明らかに差し出し人は水無月さん……っ）メールが届きまして。

ちらっと覗《のぞ》き見たら、『あの貧相な身体がちっとは見れるようになってたか？　感謝しろよ』の文字が。

そのメールを見た正宗さんは、無言で携帯をブチ折りました。

ええ、初めて見ましたよ……っ。携帯の逆パカ‼

そして、その日は……

ケータイショップに行って、正宗さんの新しい携帯（今度はスマートフォンにしました！　ついでに私も色違いの同じスマートフォンにしました！）を買って。

……し、下着屋さんに、い、行きまして……

正宗さんチョイスの、セクスィー・ランジェリーを一式、か、買ってまいりましたああああああああああああああああああ!!

恥ずかしかった!! 通販にしとけばよかった!!

そしてその下着は……さ、さっそく……今夜……装☆着することになったのです……ああああもう!! あの時私が調子に乗って、エロカワ下着を装着したばっかりに……

も、もうドヤ顔で女豹ポーズはやりません!! 反省した!! 猛省した!!

この歳になって新たな黒歴史を刻むとか……。もう、もおおおお!!

私の大馬鹿野郎ぉおおおおおお!!

息を潜《ひそ》めて、微笑《ほほえ》んで

二月は、いろんな行事がありますよね。

節分に、バレンタインデー。

特にバレンタインデーは、既婚者になったあともモッテモテの正宗さんが、職場で大量のチョコレートをもらってきました。（そのほとんどは私のおやつになりましたよごめんなさい!!）

正宗さんは妻である私に悪いと思ったのか、今年は受け取らずに断ろうと思っていたらしいんだけど……

前日に、「正宗さん、さぞかしたくさんチョコレートもらうんでしょうね……。楽しみだなぁ。ちょっと分けて下さいね！」っていう食い意地の張った私の言葉を聞いて、『あ、気にしないんだな……』ってなんかちょっと微妙なお顔をされていた。うん、気にしませんよ〜。

むしろ、正宗さんなら伝説のアレが起こるんじゃないかとわっくわくでした。

伝説のアレ……。それは――

下駄箱を開けた瞬間、ラッピングされたチョコレートの箱がドサドサドサー!! ってヤツ!!

まあ実際は、そんな衛生上問題ありそうなことは起こらず、直接渡されたり机の上に置かれたりしてたらしいんだけど。それでも紙袋二つ分もらって来ましたよ、さすが!!

あ……。ちなみに私は、手作りチョコレートなるものをウン年ぶりに作ったのですが……

見事に! 見事に失敗しましたよ……!! カッチカチでしたよ! なんで!?

でもそんなカッチカチチョコも、「美味《おい》しいです」って食べてくれた正宗さん。

優しい……なぁ。

あ、今惚気《のろけ》ましたすみません!!

そんな、夫として申し分ないっていうか、ホント私にはもったいなさすぎる正宗さんであるが……様子がおかしい。

日曜日のお昼。昼食の席。

いつも綺麗な箸《はし》使いで食事を進めていく正宗さん。

その箸が、今はピタッと止まっている。

な、なんだろう……。もしかして、嫌いな食べ物でも入ってたのかな……？

今日の昼食のメニューはお好み焼きと、卵とワカメのスープ。

お好み焼きは、千切りキャベツとシーフードミックスをお好み焼きの粉と卵とダシに混ぜて焼いたんだけど、さすがにキャベツが嫌いってことはない、よね？　今までだって何度も出してきたけど、綺麗に食べてくれたしなあ。

うーん、お好み焼き自体が嫌い？　とか？

でもたこ焼きは普通に食べるよね？　お土産《みやげ》に買ってきてくれることだってあるし。

エビやイカだって、今まで普通に食べてたし。

卵とワカメのスープだって、出すのはこれが初めてじゃない。

あとは、あ、味が気に入らないとか!?

ソースとマヨネーズ、かけすぎたかなあ。

それとも、スープはもうちょっと薄味の方が……？

「ま、正宗さん……？」

私はおずおずと、正宗さんの名を呼ぶ。

正宗さんははっとして、また無言で箸を進め始めた。

……いや待てよ。好き嫌い云々じゃなくて、食欲がないのか……？

体調、悪いのかなぁ？

食後も、正宗さんはぼうっとしてははっとして……を繰り返していた。

やっぱり、体調が悪いんじゃ……

洗い物を済ませ、茶の間で本を読んでいる正宗さんの隣に座る。

「…………」

うーん……。顔色は特に悪くないみたいだけど……

元々あまり感情が表に出ない人だから……。わからん‼

「……千鶴さん……？」

「あの、正宗さん、もしかして……」

体調悪いんじゃないですか？と聞いてみても、正宗さんは「大丈夫ですよ」と言うばかり。

いやいや、大丈夫そうに見えないから言ってるんです‼

私はえいやっと、自分のおでこを正宗さんのおでこにこつんと当てた。

「……千鶴……さん……？」

熱いような……気がする？

ええいわからん！　体温計‼

ぱっと立ち上がって、救急箱から体温計を取り出し、「測って下さい‼」と手渡す。

正宗さんは私の勢いに気圧《けお》されて、おずおずと体温計を脇に挟んだ。

襟元《えりもと》のチラリズム素敵……ってぇ!!　私の馬鹿野郎!!　そんな場合か!!

一時間にも感じられた長い九十秒。ピピピッと音を立てた体温計を、正宗さんの手からばっと奪う。

だって、たとえ熱があっても「大丈夫でした」とか言ってスイッチ切りそうなんだもんこの人!!　証拠隠滅しそうなんだもん!!

「さ、三十八度……!?」

やっぱり熱あるうウうウ!!

大変だ!!　病院に行かなきゃ!!

「薬を呑んで寝ていれば大丈夫ですよ」

「駄目です!!　インフルエンザかもしれないじゃないですか!!」

今流行ってるんですよ!!

もしそうなら大変ですよ!!

私はてきぱきと用意を始める。

ええと、病院……は今日休みだから、日曜でもやってる所探さなきゃ。ああ!　でもとりあえずタクシー呼ぼうタクシー。

スマホでタクシー会社に連絡をしながら、ばたばたと二階に上がって正宗さんの上着と、自分の上着とバッグを持ってくる。あ、保険証!!

そして開いている病院を見つけて、お医者さんに診《み》てもらったら……

インフルエンザではなく、ただの風邪でした。

処方箋《しょほうせん》ももらって、帰りに薬局で薬もばっちり頂いてきましたよ～。

あとついでにスポーツドリンクとかも買ってきました。風邪を引くと、喉《のど》が渇くしねえ。

熱でぐったりしている正宗さんの肩を支えて、二階の寝室へ。

上着を脱ぐのを手伝って、「ちょっと待ってて下さいね」って言って、私は洗面器を取りに行くべく一階のお風呂場に向かう。

そして、お湯の入った洗面器とタオルを手に戻った。

「着替える前に、身体拭いちゃいましょう」

汗かいちゃったよね、やっぱり。

寝巻の浴衣に着替える前に拭かないと気持ち悪いだろうし、汗が冷えたら身体に悪い。

その……差し支《つか》えなければ私、お手伝いしますんで!!

「……すみません」

「いえいえ!!」

私、正宗さんの妻ですからね!!

ちょっと恥ずかしかったけど（汗ばんでる正宗さんの身体、ちょっと弱ってることもあってかなんか無性にエロかった……。ハァハァしそうになる自分を必死に抑えた!!）、せっせと正宗さんの身体をお湯で濡らしたタオルで拭いて、浴衣に着替えるのを手伝う。

そうして、ようやく布団の中に入った正宗さんのおでこに、水で濡らして絞ってきた別のタオルを載せて、オッケイ!!

あとは薬を呑んでもらわなきゃ。

昼食を食べたばかりだから、すぐに呑んでいいって言われてる。お水持ってこよう。あ、氷枕も用意しなきゃ……!!

洗面器とタオルを持って一階に下り、お盆の上にコップとミネラルウォーターのボトル、スポーツドリンクのボトルを載せる。

それからお湯を捨て、今度は水を入れた洗面器に氷を投入!!

さらに、古風なゴムの氷枕（初めて使った……!）に水と氷を入れて、それも持って二階に上がる。（洗面器の上にお盆。そして片手に氷枕という、我ながら無茶な持ち方で）

「最初にお薬、呑みましょうね」

お医者さんの指示通り、錠剤を二つと、粉薬を一袋用意。

コップには、ミネラルウォーター。

「……呑めますか？」

正宗さんは無言で頷《うなず》くと、ゆっくりと身を起こした。

その拍子、ぱさりと落ちた額《ひたい》のタオルは氷水の洗面器へポイ。

そして正宗さんがお薬を呑んでいる間に、枕をタオルを巻いた氷枕に取り替えておく。

氷枕のひんやりとしたゴムの中で水と氷がちゃぷん、と揺れる。

気持ち良さそう……。実家では、かちかちに凍らせるタイプの氷枕だったからなあ。

あれは冷たいけど、ゴツゴツして痛いのだ。

「……ありがとう、ございます」

「いえいえ！　ゆっくり休んで下さいね」

まだ少し水の残っているコップを受け取る。

そして氷水で冷やしておいたタオルを絞って、またおでこの上へ。

「…………」

正宗さん、苦しそう……。

やっぱり、熱で辛いんだろうなあ……。

早く気付いてあげられなくてごめんなさい、正宗さん。

しかも、あんなこってりしたお昼ごはんを食べさせるなんて、妻失格ですよね……。

晩ごはんは胃に優しいお粥作りますね。

目を瞑《つむ》っている正宗さんの端整な顔を見つめる。

（……早く、よくなるといいな………）

なんとなく名残惜《なごりお》しくて、私はずっと正宗さんの傍《そば》にいた。時折、おでこのタオルを取り替えたりして。

思えば、おでこに貼るタイプの冷却シートだって売っていたのに、それを買わなかったのは……

正宗さんの傍にいる口実が欲しかったから、なのかもしれない。


一人用の鍋に、お粥を炊く。

お粥に添えるのは、梅干しとネギ味噌。

梅干しは、酸っぱいものがあると食欲が少しでも増すかな……と思って。

それに、お粥に梅干しは鉄板だ。

そしてネギ味噌は、実家のお母さんが風邪を引いた時によく作ってくれたもの。

刻んだネギをたっぷり混ぜただけの味噌。簡単だけど、塩分は疲れた身体に良いし、何よりお粥との相性ばっちり!!　お湯に溶かして飲んでも美味《おい》しい。

味見、と。指でネギ味噌を掬《すく》って舐める。うん、しょっぱい!!　美味しい!!

うっふっふ～と、出来栄えに満足しながら寝室に向かう。

ベッドの上では、正宗さんが身体を起こして文庫本を読んでいた。

「あっ、駄目ですよ正宗さん！　ちゃんと寝てないと!!」

私もよく怒られたもんだ。

『風邪で寝込んで仕事休んでいるくせに漫画読んでるとは何事だ！』と。

確かに何もせず、ずっと寝転がってるのはつまんないだろうけど、ちゃんと身体を休めないと治るものも治らないんですよ!!

「……すみません。つい……」

「もう……」

呆れながらも、私も前科者のため強くは言えない。

まあ、ちょうど起きてくれているのだから、お粥食べてもらおう。

食欲ないかもしれないけど、胃に何か入れてからじゃないと、お薬呑めないからね。

「お粥、作ったんです。お口に合うかわかりませんが……」

鍋から皿にお粥を盛って、潰して小さくした梅干しをちょんと載せて、木のおさじを添えて渡す。

正宗さんは「ありがとうございます」と言ってくれて、一口掬《すく》ったそれに、ふうふうと息を吹きかける。

正宗さんのフーフー!!　やばい録音したい!!

いやしかし!!　聞く度に鼻血で辺りが血の海になりそうなのでやっぱ駄目!!

「……美味《うま》い、です」

「……っ!!」

いやいやそんな！　お米研いで炊いただけですから!!

誰でもできますから!!

（……へへっ）

でも嬉しい、です。

優しいなあ、正宗さん。自分が風邪で弱ってる時でさえも、こうして気を遣ってくれて。

「……いっぱい、食べて下さいね。……あ！　でも無理は駄目です。食べれるだけで。……それで」

早く、良くなって下さい。

正宗さんは「はい」と頷《うなず》いてくれて、ゆっくりとだけど、お粥を全部平らげてくれた。

お母さん直伝のネギ味噌も、「美味いです」って、言ってくれた。

お粥を食べて、薬を呑んで。

布団の中で目を瞑《つむ》って身体を休めている正宗さんを、私はじっと見つめている。

自分の晩ごはんは、お昼に残ったスープと、ネギ味噌つけて焼いたおにぎりで簡単に済ませた。

正宗さんはたぶん、「もう大丈夫だから、好きなことをしていていい」って、言ってくれるかもしれないけど。

離れがたくて、たとえ面白いテレビを見ていたってゲームをしていたって漫画を読んでいたって、正宗さんのことが気になると思うから、ここにいたい。

いったい何度目になるだろう……正宗さんの熱で温《ぬく》もったタオルを氷水で冷やし、絞っていると、正宗さんが小さく、囁いた。

「…………いいもの、ですね…………」

「え……？」

「……誰かに、看病してもらうというのは……」

正宗さん……

そう……だ。正宗さんは、高校生の時にご両親を事故で亡くして……

その後一緒に暮らしていたお祖父さんも、大学生の時に亡くしている。

それ以来ずっと一人暮らしで……

実家でのうのうと暮らし、風邪を引いてもお母さんにぶうぶう文句を言われながら看病されていた自分と違って、正宗さんは……

風邪を引いたり、体調を崩したり。そんな心細い時も、独りだったのだろうか……

「………これからは」

私は正宗さんの頬や首筋の汗をタオルで拭《ぬぐ》いながら、息を潜《ひそ》めて、囁くように言う。

「私が、傍《そば》にいます」

だから、もう大丈夫ですよ。

私は安心させるように微笑《ほほえ》む。

「正宗さんの、傍にいます」

あなたを独りにはしません。

だって、結婚式の時、神父さんが言ってたでしょう?

病《や》める時も健やかなる時も、って。

「千鶴さん……」

「……傍にいさせて下さい。お世話、させて下さい。私、正宗さんの……」

……って、はうあああああああ!!

何を口走ってるんだ私ぃいいいい!!

「あ……あの、その……」

まるで正宗さんの熱が私にもうつったみたいに、顔が熱い。

あうあああこんな顔見ちゃだめですううう……!!

「…………ありがとう……。千鶴さん……」

「……っ。ふぁ、ふぁい……」

その日は結局、正宗さんの看病をしているうちにベッドに突っ伏して眠ってしまい、翌朝すっかり熱の引いた正宗さんに、「千鶴さんも風邪を引いてしまいますよ」って苦笑されてしまった。

だ、大丈夫ですよ、一晩くらい布団で寝なくても（昔はよくパソコンの前で寝オチしたもんだ……）、風邪なんて引きませんよー!!　なんて調子に乗っていたら……

ばっちり、風邪がうつってしまいました。

ううう鼻がぐずぐずするー!!　こんな症状、正宗さんの時には出なかったのにー!!　あれか!!　風邪がグレードアップしてるのか、進化したのか!!

「……薬、呑めますか？」

「……は、はひ……」

お仕事から帰って来た正宗さんに（正宗さんは仕事休むって言ってくれたけど、大丈夫です一人で病院行けます大人しく寝ています!!　と言って、なんとかお仕事行ってもらった……!!）、手厚く看病していただきました……

正宗さんの作ってくれた卵酒（初めて飲んだ……!!　これが噂の……）は、大変美味《おい》しゅうございましたあああ!!

傍《そば》にいさせて、抱きしめて

……生理が、こない。

私は自分の部屋にある壁掛けカレンダーを前に、息を呑む。

本日は三月二十日。

カレンダーの日付欄には、三月の始まりから昨日までずっと×印が書かれている。

ちなみに、もう破って捨ててしまった先月分のカレンダーも、一ヶ月分、丸々×印で埋まっていた。

（……まさか……）

私は元々生理不順気味で、安定していたと思ったら、遅れに遅れてきたりと、いまだに周期が安定していない。

だから今回も、どうせいつも通り遅れているんだろうなあと思った。

……だけど、もう二ヶ月もきていない。さすがに「おかしいな」って思うぞ。

これは、やっぱり……

（……私、妊娠……したの……かな……）

夫婦になって、初めて正宗さんとセックスをしてからもう五ヶ月くらい。

私達は、一度も避妊をしていない。

私がもう二十八で、子どもを産むなら早い方が……と望んでいるからだ。私達夫婦にとって、セックスはそのものずばり子作りですよ。

避妊もせずにその……な、中出ししてもらってるんだから、そら……そら孕《はら》みますわ!!

……確かめるべき……だよね。

急に意識してしまうお腹に手を当てて、私は考え込む。

ここに、いるかもしれない……いないかもしれない……赤ちゃん。

確かめる方法で一番確実なのは、産婦人科で診《み》てもらうことだ。

もしくはドラッグストアで妊娠検査薬を買ってきて、自分で確かめるか。

でも妊娠検査薬の診断って百パーセントじゃないっていうし……

それにあれ買うの、ちょっと恥ずかしい。うう……

でも産婦人科に行くのも恥ずかしい。……でも……でも……!!

「……………………うー」

……でも、でもやっぱりただの生理不順かもしれないし!

明日……いや、今日にでも来るかもしれないし、生理。

そっ、それにそれに!!

妊娠発覚のお約束。

『ごはんを食べていたら吐き気がして、うっ……。まさか……』ってことにはまだなっていない。

あれ……？　そもそもつわりって、何ヶ月目くらいから始まるんだ？

えっと、妊娠すると味覚も変わったりする……んだっけ？

レモンいっぱい食べたくなるんだっけ？

「…………」

と、とととにかく……だ。

もう少し、様子を見よう……。

そうして、チキンな私は大切なことなのに、答えを先送りにしたのだった。


「……はぁ」

駄目だ……。なんか、何をしていても次の瞬間には「やっぱり子どもできたのかな……」って、考えちゃう。お腹を意識……しちゃう。

そして、胸にこう……たくさんの綿？　が詰まっているような感覚があって、ごはんが食べられない。

気を紛《まぎ》らわせるために、夕飯ははりきって手のかかるものにしたのに。

今日のメニューは、具沢山《ぐだくさん》のちらし寿司と、ハマグリのお吸い物。

野菜や海鮮をそれぞれ切ったり茹でたり、生で使ったりなんだり、具の下ごしらえをして、上から散らす海苔《のり》だってハサミで細かく切った。

酢飯を作る時だって、団扇《うちわ》で必死に煽《あお》いで……。あの瞬間だけは心が無だった。それくらい必死に煽いだ。

おかげで腕がだるいですけど。

ふわっふわの煎《い》り卵（錦糸《きんし》卵じゃなくて煎り卵を使うのが峰岸家流だ）も、頑張って作った。

私の好きな料理ベストテンに入る好物。具沢山のちらし寿司。

イクラもエビも……ちょっと奮発したのに……。ハマグリだって、滅多《めった》に食べないのに……。

食べられ……ない。

「……千鶴さん？」

目の前に座る旦那様の正宗さんが、怪訝《けげん》そうな顔で私の名を呼ぶ。

ああ、心配かけてどうするんだ私……！

「あっ……あの、えっと……」

大丈夫ですよって、アピールしようと思ってちらし寿司を口に運ぶけど……

……駄目だ。やっぱり、食べられない。

気持ち悪い、とかじゃなくて……なんだか、胸が苦しくて呑み込めない。

「……身体の具合でも悪いんですか？」

正宗さんが、私の体調を気遣ってくれる。

ああ……。申し訳ないです……

「……げ、元気ですよー！　へへ。実は、これ作る時いっぱい味見しちゃったんです。もう、お腹いっぱいみたい」

私はにへらっと笑うと、「明日食べますね」と言って、自分のお皿を台所に運んだ。ほとんど減っていないちらし寿司にラップをかけて、冷蔵庫の中へ。

そして、なんだかもう今日は何をしても駄目だなって思ったので、正宗さんに「先に休みます」って言って、お風呂も簡単に済ませちゃって、早々に布団の中に入った。

薄暗い寝室の中で、一人布団に包《くる》まる。

頭がぼうっとして、すごく疲れているような気がするのに……眠れない。

目を瞑《つむ》っても、相変わらず頭の中でぐるぐるしているのは、「自分は妊娠したのかどうか」ってこと。

こんなに悩むくらいなら、とっとと調べて白黒つけてしまえ！　って、わかっているのに……

なんでかな……。確かめるのが、怖いんだ。

なんでこんなに……怖いんだろう……

「…………」

どれくらい、堂々巡りしていただろう。

寝室の扉が開いて、すっと、自分の隣に入り込んでくる温かい身体。

布団の中に入った正宗さんは、いつものようにそっと私に触れてくる。

「……っ」

びくっと、身体が震えた。

反射的に、私は自分の腰に回された彼の手を振り払ってしまう。

「…………ぁ」

私、なんてこと……！

私の背中越しに、正宗さんが苦笑したような吐息が。

「……大丈夫ですよ。今日は、しません」

正宗さんは、気を悪くした風ではなかった。

……よかった。この上、正宗さんに嫌われたら私……

「……ぁっ」

そして彼の掌《てのひら》が、確かめるように私の額《ひたい》に当てられる。

熱を測ろうとしているのかな……

……大丈夫ですよ正宗さん。熱はないんです。

本当に、身体の具合は悪くないんです。

「…………ゆっくり、休んで下さいね……」

縮こまる私の耳に、優しく響く彼の声。

額から離れた手は、そのまま子どもを寝かしつけるように、私の頭をぽんぽんと撫《な》でる。

……私の身体を気遣ってくれている正宗さん。

珍しく夕飯をほとんど残して、先に休むって、早々に布団に入った私のことを、「やっぱり身体の具合が悪いんじゃないか」って、心配してくれている旦那様……

（……っ）

ごめんなさい……

ごめんなさい……、正宗さん。

違うんです……。悪いのは身体じゃないんです。

弱っているのは、私の心。

私はただ、ただ……

……怖がっている……だけなんです……

＊　＊　＊

仕事を終えて帰宅した俺を待っていたのは、豪勢《ごうせい》な夕食。

色鮮やかなちらし寿司に、ハマグリのお吸い物。

何か良いことでもあったのだろうか……？　と微笑《ほほえ》ましく思ったが、肝心の千鶴さんはどこか浮かない顔をしていた。

見た目も味も申し分ないちらし寿司にほとんど手をつけず、ぼうっとしている。

一口二口と口にするも、それはほんの少しの酢飯だったり、細切りのニンジンを一本……だったり。

「……身体の具合でも悪いんですか？」

俺は心配になって、そう声をかけた。

あんなに食べることが好きな千鶴さんが、ほとんど口を付けないなんて。

体調が悪いのなら、すぐ医者に……

「……げ、元気ですよー！　へへ。実は、これ作る時いっぱい味見しちゃったんです。

もう、お腹いっぱいみたい」

彼女はそう言って笑うが、それは心配をかけまいと無理をしていることが一目でわかるぎこちない笑顔だった。

……何か、あったのだろうか。

やはり体調が優れないのではないだろうか。

千鶴さんは自分の分のちらし寿司を片付けて、「先に休みます」と二階に上がっていった。

一人残された俺は、彼女が作ってくれたちらし寿司を食べ進める。

……美味《うま》いのに……

何故だろう……？　少しだけ、味気なく感じる。

「……あぁ」

そう……か。そうだ。

いつも傍《そば》にある、千鶴さんの笑顔。

見ているだけで元気になれるような、彼女の笑顔が……

今は、ここにないから……だ。

食器は明日洗いますから、と言っていたが、量も少ないし俺が洗って片付けた。

持ち帰った仕事を済ませて、風呂場に向かう。

俺も、風呂を済ませて早々に休んでしまおうと思った。

今日は俺が最後だから、上がり際に浴槽の湯を抜いておく。

濡れた身体をバスタオルで拭いて、浴衣を羽織った。

ドライヤーは、脱衣所の洗面台に置いてある。

簡単にささっと髪を乾かして、俺は寝室に向かった。

寝室は、ベッドライトのオレンジ灯だけが点《とも》されていた。

ベッドの上には、一人分盛り上がった布団。

俺は無言で布団の中に身体を滑り込ませると、横を向いている千鶴さんの身体を抱き締めようと腕を伸ばした。

「……っ」

びくっと震える、彼女の身体。

いつもと雰囲気が違う。

俺を怖がっているような……

そして千鶴さんは、拒《こば》むように俺の手を押し戻す。

……もしかして、俺がこのまま襲いかかると思ったのだろうか。

「………………ぁ」

「……大丈夫ですよ。今日は、しません」

俺はただ闇雲《やみくも》にセックスがしたいわけじゃない。

千鶴さんも、静かに眠りたい夜だってあるだろう。

今夜のように、何か体調が悪いらしい日は特に。

本人は「元気」だと言っていたが、やはり具合が悪いのではないのだろうか。

俺は確かめるように、彼女の額《ひたい》に手を当てる。

「……ぁっ」

本当は体温計で測った方が良いのだろうが、手で確かめる限り、特に熱はないようだ。

……疲れているのだろうか。

千鶴さんはいつも懸命に家事をこなしてくれている。

それは、外で働くのと同じくらい大変なことだと俺は思う。

その疲れが、どっと出ることだってあるだろう。

……もしくは、何か辛いことがあったのだろうか。

俺には言えないような、何か。

元々千鶴さんは、自分が辛いとか苦しいとか、そういった不満や悩みを俺に言わない人だ。

いつも自分の中に押し込んで、隠す。

隠して、笑う。

それが俺には少しだけ……寂しい。

何か辛いなら、苦しいなら……。言ってほしい。

そして彼女を抱き締めて、慰《なぐさ》めたい。労《いた》わりたい。

支えに、なりたい。

「…………ゆっくり、休んで下さいね……」

結局は、そんな風に言うことしかできなかったし、子どもを寝かしつけるように、ただただ頭を撫《な》でてやることしか、できなかったけれど。

＊　＊　＊

正宗さんの腕に守られるように抱かれて、私はいつの間にか眠っていた。

それでも眠りが浅いのか、夜中に時折「はっ！」と目が覚めて、悪夢を見たあとのように、正体の知れない恐怖で心がいっぱいになる。

そして、自分の身体を包み込んでいる正宗さんの体温に、泣きたくなって。

夜中に一人、泣いた。涙がとめどなく溢れた。

隣で眠る正宗さんを起こさないように、声を押し殺して泣いているうちに、また私の意識は眠りの中へ沈んでいく。
すぐに目覚める、浅い眠りだったけれど。
何度も眠っては目覚め……を繰り返し、気付けば、私はベッドの上に一人だった。
時計の針は、午前九時を指し示している。
昨日様子がおかしかった私を、正宗さんは起こさずに出て行ったらしい。
「………」
いつもより長く眠っていたのに、まだ眠り足りないような感覚がある。
重い頭を抱えて一階に下りれば、お皿の上に小さなおにぎりが三つ。
『……食欲がある時に、食べて下さい』
正宗さんの整った字で書かれたメモ。
添えられた黄色い沢庵《たくあん》だけをポリ……と口にして、私はまた泣きたくなった。
こんな自分が嫌いだ。
一人でぐるぐる悩んで、それを隠すこともできないくせに打ち明けることもせず。
心配をかけて、でも甘えて。
何を……やっているんだろう……
「……病院に……行こう……」
私は意を決して、診察に行くことにした。

答えを先延ばしにすればするほど、苦しい時間は長く続く。
ネットで女医さんのいる産婦人科がある病院を探して、一人で受診しに行こう。
正宗さんには、はっきりわかってから報告しよう。
「…………………」
あれ……？　でも、おかしいな……
「……なんで……」
浮かない顔で、ネットで見つけた病院へ向かう道中。
私はふと、疑問に思う。
本当に妊娠していたら、すごくすごく嬉しいはずなのに。
こう……「やった！　ついに！」とか、「嬉しい！」って、なるはずなのに。
夫婦にとっての妊娠って、幸せの絶頂なんじゃないのか……？
なのに、どうして私はこんなに不安を感じてるんだ……？
どうしてこんなに、苦しいんだ？
まるで胸に大きな石を抱えているみたいに。もう綿じゃないよ、これは石だよ、石。
重たい石だよ……。重たい石が胸を圧迫しているみたい……に。
苦しい……よぅ……
「……こ……わい……」

どうして私はこんなに……怖い、と思ってしまっているんだろう……
もし妊娠していなかったら、がっかり……だから？
だから正宗さんに言えなかったのか？　妊娠したかもしれない……って。
（……ううん……。違う……。わ、私は……）
私が本当に、怖がっているのは……

そして私は、初めて訪れた産婦人科で……
優しそうなおばあちゃん先生に、結果を告《つ》げられて。
自分が本当に恐れていたものがなんなのか。
何を不安に思って苦しんでいたのかを知って、愕然《がくぜん》とした。

＊＊＊

昨日様子がおかしかった千鶴さんが心配で、俺はその日早めに職場をあとにした。
朝出た時はベッドの上でぐっすり眠っていたが、その目尻には涙の痕《あと》があった。
もしまだ辛そうなら、本当に体調が悪いなら、無理やりにでも病院に連れて行こう。
そう思って家に帰ると、玄関以外の電気が消えていた。

……千鶴さん、いないのか……？

スマホにはなんの連絡もなかったが、外出しているのだろうか……

上着を脱ぎながら暗い廊下を歩き、茶の間に入る。

そして、壁にあるスイッチで灯《つ》りを点けると――

「千鶴さん⁉」

真っ暗な茶の間に、ぽつん……と千鶴さんが座り込んでいた。

「あ……、正宗さん……。おかえり……なさい……」

様子がおかしい。今日のそれは昨日の比ではない。

千鶴さんは暗い表情で俯《うつむ》いたまま、物憂げに立ち上がる。

「……ごめんなさい……。今すぐ……ごはんの用意……」

「……それより……。どうしたんですか？　千鶴さん。どこか具合でも……」

やっぱり体調が悪いのでは……？　なら、すぐに病院に……！

「っ‼」

体調が悪いのかと聞くと、彼女の顔が強張《こわば》った。

「千鶴さん……？」

「……えっと、ごめんなさい。何も用意してなかったので、出前とってもいいですか？」

「千鶴さん」

「正宗さん、何がいいですか？　お蕎麦《そば》にします？　それともピザ……？　あ、奮発して……」

「千鶴さん!!」

俺は思わず、千鶴さんの肩を掴んでしまう。

大きな声に、彼女は華奢《きゃしゃ》な身体をびくっと震わせた。

「ぁ……っ」

「す、すみません……！」

怯《おび》えさせてどうする!!

「…………………」

「…………………」

俺はただ、千鶴さんを見つめることしかできなかった。

言葉は喉《のど》まで出かかっている。『どうして落ち込んでいるのか』『どうして話を逸《そ》らそうとするのか』『いったい何があったのか』と。

しかし……思い詰めた様子の千鶴さんに、そう問い質《ただ》したとして。

自分の言葉が、彼女を責めるように響くのではないか、今以上に追い詰めてしまうのではないか、また怯えさせてしまうのではないか、と。

そんな風に逡巡《しゅんじゅん》して動けない自分が嫌になる。

「…………………………………………私……」

長い沈黙の末に、千鶴さんがぽつり……と呟《つぶや》いた。

「……今日、産婦人科に行ったんです……」

「え……？」

紡《つむ》がれた言葉に、俺は一瞬目を見開いた。

産婦人科……？　それは……つまり……

「子どもが……？」

できた……のか……!?

「………できて……ませんでした」

「……っ……そう、ですか……」

そう……か。

期待した分だけ、残念には思ったが……

千鶴さんは、そのことを気に病《や》んで落ち込んでいるのか？

妊娠したと思ったのに、間違いだったから……？

「……落ち込まないで下さい、千鶴さん。焦らなくても、きっとそのうちに……」

落ち込んでいる彼女を励まそうと、俺は笑みを作る。

子どもは授《さず》かりものだというし、まだ結婚したばかりなのだから、そう気に病まなくても……

「っ!! 違うんです!!」

千鶴さんはばっと俺の手を振りほどいて、苦しそうに、辛そうに叫んだ。

「……私っ、私……!! お医者さんに、妊娠してないって言われて……。ただの生理不順だって言われて、ホ……、ホッとしたんです……!! が、がっかりしなきゃいけないのに、ホッとして……。赤ちゃんできてなくてホッとするなんて、私……」

最低だ……と。苦しげに自分をなじる千鶴さん。

「……正宗さんの赤ちゃん、欲しいって思ってた。なのに、いざできたかもしれないって、思ったら……。怖くて……不安で……。私……、私なんかがちゃんとした母親になれるのかって、不安で……。覚悟なんて、母親になる覚悟なんてちっともできてなかったってことに、気付いたんです……」

「……千鶴さん……」

「……いつまでたっても子どもで、大人になんてなれなくて……。正宗さんに甘えてばっかり、頼ってばっかり……!! こんな私が、母親になんてなれるわけない……!!」

千鶴さんの大きな瞳から、ぼろぼろと涙が零《こぼ》れる。

ごめんなさい、ごめんなさいと泣きじゃくる千鶴さんを……

俺はただ、抱き締めることしかできなかった。

＊＊＊

「ううう……っ」
お医者さんに「妊娠してませんよ」って言われた瞬間。
ホッとした自分に、愕然《がくぜん》とした。
そこはがっかりするところだろって!!
そして気付いたのだ。自分には、ちっとも覚悟がなかったんだって。
自分のお腹で、もう一つの命を守り育てていく覚悟。
その命を、痛い辛い思いをして産んで、育てていく覚悟。
母親になる覚悟ってやつが、できてなかったんだ。
だから怖かった。だから不安だった。
赤ちゃんできてたら……嫌だって。困るって、思ってたんだ。
ただそれを認めたくなくて。認めようとしていなかっただけで。
それからは、もう……。自分が頼りないやら情けないやらで。
堰《せき》を切ったように、涙が溢れる。
結婚して、親から自立したんだと思った。

大好きで、尊敬できる人と温かい家庭を築いていくことで、社会的にも一人前になれたんだって、思ってた。

でも実際は、依存する相手が親から旦那様に変わっただけなんじゃないかって。

私って人間は、ちっとも……。ちっとも、成長できていないんじゃないかって。

そう思ったら、急に目の前が真っ暗になった。

こんな、こんな自分のことなんて……

正宗さんもいつか、見放すんじゃないかと思った。

世のお母様方が通って来た道に、入ってもいないうちから躓《つまず》いて、怖がって、怯《おび》えているような私なんて。

正宗さんの奥さんでいる資格、ないんだ……

正宗さんの子どもの母親に、なれない……っ。

なる資格だって、ない……！

「うあああああああああ!!」

こんなに声を上げて泣いたのは、何年振りだろう。

きっと正宗さんも引いてるよね……

帰ってきたら、嫁が真っ暗な部屋で、いかにも病《や》んでます的なオーラを発していて。

「子どもができてなくてホッとした」とか、じゃあなんで子作りしてんだよ、馬鹿にしてんのかお前、って言いたくなるようなセリフ吐いて、いきなり大泣きしてるんだもんな……


でもっ、どうせ私はそういう女なんですよおおおお!!

だって怖いじゃん命だよ!?

命は尊い!! 命は大切!! って叩き込まれて育ってるんだこっちは!!

その命が自分の、は……腹に宿るんだよ!?

自分のお腹に、もう一人『人間』が宿るんだよ!?

重いよおおおお!! 命は重いよおおおおお!!

ちゃんと五体満足で健康に産んであげられるの!?

ちゃんとまっとうに育ててあげられるの!?

母親が不甲斐ないばっかりに、苛められたりグレたり、盗んだバイクで走り出したらどうするんだよおおおおおおおお!!

「……怖かった、んですね」

「っ……ひぐっ」

正宗さんはこんな私の身体を優しく抱き締めて、あやすようにぽん……ぽんと背中を叩いてくれた。

私はただ、頷《うなず》くことしかできなかった。泣くことしかできなかった。

怖かったんです。

私が私じゃなくなるようで。

私の身体が、私じゃなくなっていくようで。

「…………不安、ですよね」

「……ごめ……なさっ……」

不安……です。こんなんで、自分……

妊娠出産育児ができるのか、不安で不安でしょうがないんです……

妊娠してもいないくせに何ビビッてんだと思われるかもしれないけど、性根《しょうね》が小心者なので、一度ビビッたらなかなかそこから抜け出せないんです……っ。

悪い方にばっかり、物事考えちゃうんですううう!!

育児ノイローゼに……きっとなる!! 自信が、ある!!

「……焦らなくて、いいと思います……」

「ふえ……？」

上手く言えなくて、すみません……と正宗さんは呟《つぶや》く。

「……最初から、完璧になろうなんて思わなくていいんです。その……良い母親になろうとか、ならなくちゃいけない……とは思わなくてもいいと……」

「そっ、それで私が虐待とか育児放棄とかしたらどうするんですかあああ!!」

無責任なこと言わないで下さいよっ!!

子どもを産んだ女が全員『母親』になれるとは限らないんですよっ!!

それに、校舎の窓ガラス全部ブチ割るような子どもに育ったらどうするんですかああ!!

正宗さん高校教師なのに、子どもが不良とか!!

「……虐待……。……いや、そんな心配ができる千鶴さんなら、大丈夫な気がしますが……」

正宗さんはぼそり、と呟《つぶや》く。

ううう、そんなんわかんないじゃないですかー!!

可愛いと思っていても、愛していても……ってこともあるんですよ!!

「それに、千鶴さん一人で全部をしなきゃいけないわけじゃ、ないでしょう?」

「え……?」

「確かに俺は、代わりに妊娠することも、子どもを産むこともできません……。でも、産まれてくる子どもは……」

そっと、重なっていた身体が離れて……

正宗さんの視線が、私の泣き顔を捉える。

そして、大きな手が私の涙を拭《ぬぐ》ってくれる。

「俺達二人の子どもでしょう？　俺も一緒に育てます。一緒に……悩んで苦しんで……。二人で、育てていきましょう……？」

一緒……？

私、一人で頑張らなくても……いいの……？

「泣いたっていいんです。弱音を吐いたって、いいんです。俺が全部、受け止めますから」

泣いても……いいの？

弱音や泣きごと言って、『こわい』『不安だ』『いやだ』って、言ってもいいの？

妊娠するの、怖いよ。

お母さんになる自信、ないよって。

言ってもいいの……？

私……私は――

「こんな私でも……いいんですか……？」

私は、正宗さんの傍《そば》にいてもいいんですか……？

いつもいつも、正宗さんの優しさに甘えてばっかりで。

こんな、涙でぐっじゃぐじゃの顔で。

色気もへったくれもない貧相な身体で。

あなたとご友人で妄想しちゃってるような、脳みそ腐ってるオタク女でも。ビビりで怖がりで、今更妊娠するの怖いとか言ってるような女でも、いいんですか……？

「……千鶴さんが、いいんです」

ま、まさっ。

正宗さああああああああああああああん!!

「う……うあああああああん!!」

私は縋《すが》りつくように、正宗さんの胸に顔を埋《うず》めた。

正宗さん……。

傍《そば》に、いて下さい。

「…………」

抱き締めて、下さい。

「うえええええええええええ!!」

正宗さんは、私をぎゅっと抱き締めてくれた。

泣きやむまで、よしよし……と、背中を撫《な》でてくれた。

ああ、私……。この人と一緒なら……

どんな困難も、乗り越えていける気がする。

そうして数年振りに気が済むまで大泣きに泣いて。

想像妊娠ならぬ想像マタニティブルーを乗り越えた私は……

「うっうう……。おいひいです……」

その夜、正宗さんが大盤振る舞いしてくれた出前のうな重をもっふもっふと食べて、元気になりました。

鰻《うなぎ》大好き……っ!!

真っ白いご飯にしみ込む甘いタレ……っ。ほわりと柔らかい鰻っ。香ばしい焼き目……

ああ美味《おい》しい……っ。美味しいよう……っ!!

「……良かった。今度からはもう、一人で抱え込まないで下さいね……?」

昨日の残りのハマグリのお吸い物を手に、正宗さんが微笑《ほほえ》む。

「……もっと俺のこと、頼って下さい。苦しいことや辛いことがあるなら、隠さずに言ってほしい。してほしいことがあったら、言って下さい。俺はあなたのことが好きなんです。あなたの支えに、なりたいんです」

「うぐっ」

まっ、まさかの愛の告白……っ。

う……嬉しい……けど。本当に……、本当に……

ごっ、ご迷惑をおかけして……

申し訳ありませんでしたあああああああああああああ!!

＊＊＊

その日の夜。

俺はベッドの上で、向かい合って座っている千鶴さんの寝巻をゆっくりと脱がせていく。

千鶴さんの頬は、林檎《りんご》のように真っ赤だった。

「……で、でんき……」

消して下さい、と。

はだけた胸元を手で隠しながら、彼女は小声で言う。

まだ恥ずかしいんだな……と思って言う通りに電気を消せば、すぐ傍《そば》で「ホッ……」と安堵《あんど》する吐息が聞こえる。

その初々《ういうい》しさが可愛い。

小さな唇にキスをして、ゆっくりと、その身体を押し倒す。

「……本当に、いいんですか……？」

身体や気持ちが辛いなら、このまま眠ってしまっても……

しかし千鶴さんは、ぶんぶんと勢いよく首を横に振った。

「……や。抱き締めて……ほしい……です……」

そして両手を伸ばしてくる。

首に絡まる細い腕に導かれるままに、彼女の頬に口付けた。

千鶴さんは、小さく、小さく囁く。

「……正宗さんがいてくれるなら……もう……こわく……ても、へいき……だから……」

「千鶴さん……」

「……ぎゅっとして、抱き締めて、ほしい……です。え……えええええ……えっち……したい……です。正宗さんと……」

「っ……。はい……」

（素面《しらふ》の）千鶴さんから求められるのは、思えばこれが初めてだったのかもしれない。

もっと思っていることや、してほしいことがあるなら言ってくれと、言ってみるものだな……

彼女に求められるのが、嬉しい。

その言葉一つで、身体が熱くなるのを感じる。

……もう、止められませんよ……？

「いっぱい、愛してあげます……」

その囁きが、合図になった。

＊　＊　＊

正宗さんは一度ベッドから降りて、浴衣を脱いだ。

はらりと、床に落とされる浴衣と下着。

何度見ても、ドキドキしてしまう正宗さんの裸体。

そしてゆっくりと、正宗さんは私の上に覆い被さってくる。

ドキドキしすぎて、これだけでもう鼻血が出そうです……っ。

「…………………」

「…………………」

無言で正宗さんに外されていく、私の寝巻のボタン。

手を上げて下さいって言われて、万歳《ばんざい》するみたいに腕を上げれば、すっと脱がされて……

ブッ……ブラも、脱がされて……

（あわわわ……）

露《あら》わになった胸を隠すように、私は両手で前を覆う。

けど、そうこうしているうちに、正宗さんはパジャマのズボンに手をかけて……

「……少し、腰、浮かせて下さい……」

「はっ……はひっ……」

言われた通りにふっと腰を浮かせれば、するっとズボンも脱がされる。

これで私、パンツ一枚……

「……可愛いですね、千鶴さん」

「っ!!」

正宗さんは、口元に微笑を浮かべて言う。

いつもみたいに、優しい笑顔。

でもちょっとだけ意地悪で、色っぽい笑顔……

そして――

「ひゃあっ……」

彼は胸を隠していた私の手をとって、指先をぱくりと口に含んだ。

うえええ⁉　指⁉　ここで指⁉　まさかの……っ。

「んっ……」

正宗さんの唇が、私の指を咥《くわ》える。

眼鏡の奥で、細められた瞳が時々私の顔をちらっと捉えては、見せつけるように舌を出して。唾液を絡めて、焦《じ》らすように愛撫《あいぶ》する。

「まっ……正宗さ……」

「んっ……」

ちゅぱ……と音を立てて離れる唇。

糸を引く唾液が、エ……エロい……

……というか……

指を咥える正宗さんとか、超エロいんですけど⁉

正宗さんは舐《ねぶ》った指先を自分の指と絡めて、今度は私の胸に顔を埋《うず》める。

「っっ」

べろりと、肌を撫《な》でる湿った感触。

正宗さんは手を使わずに、舌だけで胸を愛撫する……

「……っはう……」

舐めつくすように、蠢《うごめ》く舌。

ちゅ……、ちゅ……と音を立てて刻まれる痕《あと》。

そして時折、思い出したように……

「あうっ……」

頂《いただき》を甘噛みされて……

それだけでもう、身体がびくびくっと震えてしまう。

あう……。こんな……こんな丁寧な愛撫……

まだ下は何もされてないのに、これだけで……

（はううう……）

下着の内側が濡れていくのがわかる。

もどかしいくらいの、正宗さんの舌の動き……

「……や……ぁ……」

もっと、欲しくて……

もっと、ちゃんと、触ってほしくて……

身体の奥が、ジンジン……してくる……よう……

「……ま……さむねさ……あっ……も、……」

「……も……？」

わ、わかってる……くせにぃ……

絶対、わかってる、くせに……ぃ……

「もっと……し……して……くださ……っ……ぁ……っ」

こんな、自分からおねだりするとか……恥ずかしい……のに……

「はい」

にっと、その言葉を待っていたとばかりに口元を歪《ゆが》ませる正宗さんの表情に、ぞくりと肌が粟立《あわだ》ってしまう。

ああ……焦《じ》らされて感じるとか……

おねだりさせられて感じるとか……

「あうう……」

私……どんだけドM……!!

「……んっ」

正宗さんの手が、ようやく私の下腹部を撫《な》でて、最後の砦《とりで》だった下着を脱がしていく。

「あっ……!!」

身体から離されたパンツの、クロッチのところがしっとりと濡れていて……。しかも、い、糸を引いている……!! なんていやらしい……っ!!

は、恥ずかしい……っ!!

「……感じてくれてるんですね……」

「……っ」

い、言わないでぇ……!!

正宗さんはほうっと息を吐くと、ゆっくりと顔を私の下腹部に近付けてくる。

「あう……」

ぺろぺろと、おへその周りを舐められて……

彼の舌先がゆっくりと下に降りていく。

すると両手の指で茂みを掻き分けられて。

「っ⁉」

ツン、と。正宗さんが舌先を尖《とが》らせて、一番敏感な突起に触れた。

「……アッ……」

ビクビクッと、陸に上げられた魚みたいに身体が震える。

ああう……腰から下の力が抜けていくよう……

震える私の秘部を、正宗さんはなおも攻め立てる。

襞《ひだ》を一枚一枚丁寧に舐めるよう、舌を這《は》わせて。

くちゅりくちゅりと、いやらしい音を立てて指を挿し入れて……

「んむっ……」

突起を、唇で食《は》むと……

「アッ⁉」

ジュジュッと、音を立てて吸い上げた。

「やあァッ……!!」

その刹那《せつな》、頭の中が真っ白になって、がくがくと腰を震わせながら、私は果てた。

＊　＊　＊

「……はぁ。はぁ……っ。ひゃっ、ああう……っ。んっ……」

一度舌でイかせた千鶴さんの蜜壺は、ぐっしょりと濡れそぼっていた。

そこをさらに舌と指で愛撫《あいぶ》すれば、彼女の口から愛らしい嬌声《きょうせい》が上がる。

「千鶴さん……。もう、挿《い》れてもいいですか……?」

「……ん」

千鶴さんはぎゅっと目を瞑《つむ》って、こくこくと頷《うなず》く。

……ああ、可愛いな……

そろそろ、俺も限界のようです。

だが、勃《た》ち上がった自分のモノに手を添えて、ふと思う。

そして快楽に身を震わせている千鶴さんに問うた。

「…………避妊、しましょうか……?」

一応、ゴムはある。

今まで出番がなかっただけで、彼女がそれを求めた時すぐ使えるように、ベッドの戸棚に一箱置いてあった。

何も、子どもが欲しいという理由だけで彼女を抱いているわけじゃない。

千鶴さんの気持ちが落ち着くまで、妊娠しても良いと思えるようになるまで、待ったっていい。

「……っ。や……」

しかし、彼女は涙を湛《こら》えた瞳で、ふるふると顔を横に振る。

そして、熱に浮かされたように微笑《ほほえ》んで言った。

「……まさむねさんの……っ……い、いっぱい……ください……っ」

「──っ!!」

ああ、もう……!!　どうしてたまにそう、爆弾発言をするんですか……!!

いたたまれない気持ちをぶつけるように、乱暴に彼女の唇を奪う。

「んんっ……ふ……ぁっ……」

「んっ。……っは……」

舌を絡めて、吸い上げて。

不安や恐怖なんて、何も考えられなくなるくらい、感じればいい。

もっと気持ち良くなってほしいけれど、生憎《あいにく》、今の俺にそんな余裕はない。

少し乱暴に唇を離し、俺のモノに手を添えて、ぐっと千鶴さんのナカに押し入る。

「……ひうっ」

千鶴さんのソコは、あっさりと俺を受け入れてくれた。

なのに、ナカはキュウキュウと締め付けてきて……

求められているんだと実感できて、たまらなくなる。

「……っは……」

彼女の太ももを掴んで足を開かせて、最初はゆっくりと腰を動かす。

「んんっ……あ……うっ……はぁ……っ」

ぬぷぬぷと、粘液が混ざり合う卑猥《ひわい》な音が響く。

そしてぱちぱちと、互いの肌と肌を叩き合って。

「……くっ」

本能が求めるままに、激しく突き動かしていく。

律動に合わせて揺れる身体。

「……あっ……あう……っあぁ……っ」

か細く上がる嬌声《きょうせい》。

悩ましげな、荒い吐息。

涙に濡れる瞳が俺を見上げる。

「っ……。千鶴……ッ」

「⁉　っあ……まさむね……さっ……」

千鶴さんの右手が、俺に向けて伸ばされる。

その手をとって。

指と指とを絡め合って、しっかりと握り締めて。

「っ、イっ……アアアッ‼」

「っ……‼」

俺達は同時に果てた。

＊　＊　＊

翌朝。私、柏木千鶴は自己嫌悪と幸福の狭間《はざま》で内心「kふぁjsじゅqpふぇうprわ‼」と、意味不明な単語をわめき散らしておりました。

……っ、想像マタニティブルーでさんざん……っ、さんざん落ち込んで。

泣いて、ごねて、取り縋《すが》って。

そのくせ、正宗さんの優しい言葉とうな重でご機嫌になって。

妊娠怖いと言った口で「えっちしたい」とほざき。

さ、さささ最中に、なんか言った……ような気がする!! うろ覚えだけど!!

正宗さんのピーっを私のピーっにいっぱい注ぎ込んで、みたいなことを言ったような気がする!!

……快楽は、人の理性をどこまで破壊していくんでしょうか……

恥じらいはどこへ置いて来た!!

ああああああああああああああああああああああ!!

「……っく。ううう……」

傍《かたわ》らには、裸のまんまで気持ち良さそうに眠っている正宗さん。

あ、私もすっぽだかだ……

でも、股の間のせいえ……き、とかは、綺麗になってるから、また私が意識を失くしている間に正宗さんが綺麗にしてくれたのか……

(あああああああああああああもううううううう!!)

ほんっとうに、申し訳ない……!!

「……………………うう」

そ、それにしても……

眼鏡を外した正宗さんの寝顔は、いつもより幼く見えて、か……可愛い……

「……正宗、さん……」

私はそっと、眠っている正宗さんの頬に触れる。
正宗さん、あの時……
あの時、一度だけ……
私のこと、「千鶴」って呼んでくれました……？
切羽詰まったような声で、切ない声で。
私の……名前を……
「……私の……」
「……ん。……千鶴、さん……？」
「っ！」
うあっひゃあああ!!
反射的に、頬を触っていた手を引っ込める私。
ま、正宗さんはゆっくり目を開けて、私を見上げる。
し……っ、心臓が……っ。
ばくばく……っする……!!
（……正宗さん……）
だけど、そのばっくばくいってる心臓が血液をどんどん流し込むように。
想いが、溢れて……。止まらない。

私の、旦那様。

私に、弱音を吐いてもいいんだって言ってくれた人。

私のことを、受け入れてくれた人。

私のことを、求めてくれる人。

ずっと一緒に、生きてくれる人。

生涯の、伴侶《はんりょ》。

「……っ、あの……あのあの……っ」

「……？」

「大好きですっ!! 正宗さん!!」

「⁉」

そして私は、朝っぱらから最愛の旦那様に……

やけっぱちな愛の告白を、したのでした。

だって、言いたいことがあったら言えって、言われたもんね！（ヤケ）

我慢すんなって、言われたもんね！（ヤケ）

私が今、一番言いたいこと……
それは愛する旦那様に『あなたのことが大好きです！』って、伝える言葉だったから。

エピローグ　～月も待たずに、キスをして～

季節は冬から春に移り変わり、日は長く伸びて、空が優しく明るく見える。

少し前までなら、すっかり暗くなっていた時間帯。

明るい四月の空には、まだ月は輝かない。

縁側《えんがわ》から望む庭には、正宗さんの亡きお祖母さんが植えたという枝垂《しだ》れ桜が一本、満開に咲き誇っている。

優雅に垂れる枝が、そして花が、風に揺れてとても美しい。

私は今、正宗さんと並んで縁側に座って、夕方からお酒をお共にお花見中。

ちなみに、私達は早々にお風呂を済ませちゃいました。

昼から入るお風呂って、最高に気持ち良い……。幸せ、ですなぁ!!

なので、正宗さんは寝巻にしている浴衣姿でおくつろぎ中。

……浴衣姿の美青年（しかも黒髪眼鏡）と桜見物とか、なんて美味《おい》しすぎるシチュエーション！　そしてなんて美味しい光景でしょうか！　鼻にティッシュ詰めとくべきですか、鼻血対策で!!

そして雰囲気重視で選んだ赤い漆塗《うるしぬ》りの杯《さかずき》には、ちょっと奮発したお高い日本酒が注がれている。

その上には、毎年実家の母が作っている桜の花の塩漬け（このあいだ分けてもらったのだ）を浮かべて。

花の浮かんだ花見酒。

今年からは、私もここの桜の花を使って、塩漬けを作ってみようかな。

桜を見ながら桜のお酒を飲む。

全力で花を愛《め》でていますよ。最終的には食べちゃうよ。

日本人に生まれて良かったー!!　と、心から思う。

「……綺麗ですねえ……」

「……はい。祖母は、桜の中でも枝垂れ桜が一番好きだったんです」

だからこの木を庭に植えて、大事に大事に育てたんだって。

お祖母さんが亡くなったあとも、お祖父さんが。そして正宗さんが、大切に見守ってきた桜の木。

これから先も、私達と一緒に歳を重ねていく木。

「わかる気がします。それ……」

私も、桜の中で枝垂れ桜が一番好き。

柳のように垂れた枝は、風にゆらゆらと揺れて。
花弁《かべん》も、白に近い淡い淡い薄紅色。
ただでさえ儚《はかな》く見える桜が、いっそう頼りなく見えて。
胸が締めつけられるような美しさ。
どうしてだろう……？　桜を見ていると少しだけ切なくて、悲しくなる気がするのは。
だからこそ、余計に……
隣にいてくれる人の温もりが、心に沁《し》みる。
「……ん」
くいっと、杯のお酒を飲み干す。
お酒に移った、桜の花の香りが口の中にふわっと広がってくる。
そして唇に、塩漬けの桜の花びらが張りついた。
「あ……」
指でそれを摘まんで取ろうとしたら、それより先に、正宗さんの指が花びらを拭《ぬぐ》う。
重なる視線。
そして、「あ……」と小さく開かれた口の中に、花びらを含ませられて……
「………ン」
口の中に、塩漬けの花びらのしょっぱさが広がる……

な、なんだこの恥ずかしいシチュエーションは……!!

指で唇撫《な》でられるとか、ちょっとゾクゾクしちゃったんですけどおおおお!!

酔いが一気に回ってしまうよおおおお!!

「……もう一杯、どうですか……?」

「い、いただきます……」

空になった杯《さかずき》に、正宗さんが手ずからお酒を注いでくれる。

そして、ガラスの小皿に入れていた塩漬けの桜を摘まんで、そっとお酒の上に浮かべてくれた。

「ま、正宗さんも……」

私も正宗さんの杯に、お酒を注《つ》ぎ足す。

なんだかドキドキしてしまうのは、酔いが回っているからですか……!?

動悸《どうき》息切れは、アルコールのせいですか!?　それとも……っ。

「……っ」

私は恥ずかしくなって、正宗さんから視線を逸《そ》らすように桜を見上げる。

穏やかな風にふわりふわりと揺れている枝垂《しだ》れ桜。

まるで、今の私の心みたい。

もう一口だけ、お酒に口をつけて。

これ以上飲んだらまずいかな、と杯を置く。

そうして、なんとなしに空いた右手を床の上で彷徨《さまよ》わせていたら……

「っ！」

正宗さんの左手に触れて。

「……あっ」

そっと、指と指が絡めとられて。

ぎゅっと、握られて。

引き寄せられる。

「………来年も、また」

正宗さんは私の身体を抱くと、小さく囁いた。

「千鶴さんと、こうして桜を見ていたいです」

「………私、も」

正宗さんと、ずっとこうして一緒に居たい、です。

そうして、私達は……

「んっ」

月も待たずに、明るい夕方の空の下で。

触れるだけのキスをした。

風に揺れる桜の枝。
儚《はかな》く散った花びらが舞っている。
目の前には、目を細めて私を見つめる正宗さん。
大好きな、旦那様。
ねえ、知ってますか？　正宗さん。
比翼の鳥、連理の枝、『比翼連理《ひよくれんり》』。
仲睦《なかむつ》まじい男女の様子を表す言葉。仲睦まじい夫婦を表す言葉。
響きはとっても綺麗で好きだけど、私には縁遠い言葉だってずっと思っていた。
でも今なら、言えるんです。正宗さん……、あなたが……
あなたが私の……ひよくれんり……
「……千鶴さん、もう一回……」
「……はい」
もう一度、触れ合う唇。
ああ……、本当に……
幸せすぎて、死んでしまいそう……
「あーっ!!　ちゅーしてる!!」

「⁉」

二人だけの世界をブチ壊すのは、あどけない子どもの声。

反射的に身を離して声のした方に視線をやれば、庭の生垣の向こうから一人の男の子がこちらを指差している。

あっ、あれは……‼

三軒隣の高橋《たかはし》さん家の宗憲《むねのり》くん（地元の野球クラブに通う小学三年生）ではないかっ‼

いつも道で会うとおっきな声で挨拶《あいさつ》してくれる、やんちゃ少年。

友人（真性ショタ）にはけっして教えられない、将来有望な少年である。

可愛いんだよなあホント……。うちのお隣に住む立花《たちばな》さん家の千代《ちよ》ちゃんと同じ歳の幼馴染《おさななじみ》同士で、この二人絶対将来…………って‼　それどころじゃないよ馬鹿‼

ていうか、み、みみみみみみみみみ、見られたッ‼

ちゅーしてんの、見られたああああああああああああああああああ‼

（ちなみに生垣の向こうが、お隣の立花さん家の敷地なんだけど……。お隣の塀とうちの生垣の間の細い隙間を、まさか人が通るなんて思わなくて油断してたああああああ‼　千代ちゃんはいないみたいだけど、立花さん家で遊んだ帰りなのか？　でもそんなとこ通らずに、ちゃんと表の道から帰りなよおおおお!!　あれか!!　子どもは狭い所が好きなのか!!）

「むっ、むねのりく……」

「正宗くんと千鶴ちゃん、らっぶらぶー!!」

やーめーてー!!

いや、そもそもこんなとこでキスしてた私達が悪いんですけれども!!

お願いだからっ、ご近所に言いふらさないでええええええ!!

あの夫婦明るいうちから庭で……とか噂されたら、もう道を歩けないいいいいい!!

「……宗憲」

動揺する私を尻目《しりめ》に、正宗さんはゆっくりと立ち上がると、下駄を突っかけて生垣に近寄った。

「お隣で遊んだ帰りか？」

「うん。千代と新しいゲームしてた」

「そうか」

生垣越しに、普通に会話する二人。

ああいつもなら、ぽんぽんと優しく宗憲くんの頭を撫《な》でてやる正宗さんとか、ちょう眼福《がんぷく》モノなのにっ。

キスシーンを見られた恥ずかしさで、素直に萌ッ……、いや、喜べないいいい!!

「宗憲」

「なに？　正宗くん」

そうなんだよね、宗憲くんは正宗さんのこと「正宗くん」って呼ぶんだよ。可愛いよねなんかね。

あああああもう!!

さっきのあれ、なかったことにならないかなーっ!!

誰かっ!!　宗憲くんに忘却の魔法を……っ!!

「……さっきのキスのことは、みんなには内緒にしてくれないか？」

ほぎゃっ!!

な、なんて直球な口止めですか、正宗さんっ!!

「なんで？」

「千鶴さんは恥ずかしがり屋さんなんだ」

まっ、正宗さっ……

いや確かにまあ仰《おっしゃ》る通りですけれどもおおおおお!!

「……ふーん」

恥ずかしがり屋さんかあ、と私を見る宗憲くん。

いやめてえええ!!　そんな純粋な目で私を見ないでええええええ!!

「いいよ！　内緒にしてあげる!!」

「ああ。約束だぞ」

「うんっ。オトコドウシノヤクソク!!」

拙《つたな》い口調で、正宗さんと得意気に指切りをする宗憲くん。

可愛い……!!　可愛い……んだけど。

恥ずかしすぎて、いたたまれなああああああああああああい!!

正宗さん……。私、私……っ。

恥ずかしすぎて、死んでしまいそうですううううう!!

書き下ろし番外編

新婚生活始まりの夜

それは、私と正宗さんが京都への新婚旅行から帰って来た日のこと。

最寄駅からタクシーを使い、家に着いたのは夜の九時を過ぎた頃だった。

ちなみに夕飯は帰りの新幹線の中で駅弁を食べました。ふっふっふ。前々から食べたいと思っていた駅弁を見事ゲットし、堪能《たんのう》してきましたよ～！　美味《おい》しかった！

駅弁ってなんであんなに美味しいんだろうね。それにこう、スペシャル感がある。夜だったので、車窓から風景を眺めつつ駅弁を食べる……という憧れのシチュエーションにはちょっと足りなかったけど（窓の外、真っ暗だったからね）、楽しい旅行の締めに相応《ふさわ》しい夕飯だったと思う。

そんなこんなで思い出のいっぱい詰まったキャリーケースを引き、帰ってきたのはこれから私達が夫婦生活を営《いとな》むことになる柏木家。

灯りの点《つ》いていない日本家屋の一軒家を見上げ、いよいよ新婚生活が始まるんだなあと、万感《ばんかん》の思いの私です。

そんな私をよそに、正宗さんはさくさくと玄関の鍵を開け、中に入って灯りを点ける。

パッと点いた温かみのある照明が、玄関先でぼうっと突っ立っている私の顔も明るく照らした。

わ、私も中に入らないと。

「た、ただいま〜」

家に入る時、小さな声で呟《つぶや》いてみる。

今までは「お邪魔します」だったけど、今日からは「ただいま」だ。

へへっ。なんだか照れるな。

それに、私が小さく「ただいま」と言ったのを聞いた正宗さんが、嬉しそうな表情を浮かべたのもこそばゆかった。

いやしかし……

（やっぱりこう、落ち着かないなあ）

「ただいま」と言ってはみたものの、まだちょっと違和感があるというか、ここが自分の家という気がしなくて、ソワソワしてしまう。

まあ、そりゃそうだよね。

恋人になってから何度も訪れたことがある家だけど、あくまでここは「正宗さんの家」であって、私の家じゃなかったんだもん。

今日からここで暮らすとはいえ、そんなすぐ「ここが我が家」と思えるわけない。

まだお客様気分が抜けないというか、落ち着けるようになるのはもう少し先になるだろうなあ。

「千鶴さん」

そんなことを思いつつ玄関を上がった所でぼーっと突っ立っていたら、先に二階へ荷物を運び終えた正宗さんが戻ってきて、私に声をかけた。

「あっ、す、すみません。ぼうっとしちゃって」

あれこれ考えている場合じゃなかった！ 旅行の荷物、片付けないと！

玄関に置いたキャリーケースを抱え上げ、階段に向かう。

すると、正宗さんが「俺が運びますよ」と言って、私の手からひょいっとキャリーケースを取り上げた。

「あ、あの、でも、重いですし」

「元々俺が運ぶつもりだったので、気にしないで下さい」

正宗さんはそう言ってスタスタと階段を上がっていくけれど、気にしますよ～！ 申し訳ないですよ～！

私は慌てて正宗さんの後を追う。

けれど彼は譲《ゆず》らず、結局私の部屋までキャリーケースを運んでもらってしまった。

「あ、ありがとうございます」

「いえ。それじゃあ、俺は隣の書斎で荷解《にほど》きをしているので」

「は、はい」

この部屋の隣にある書斎は、元々正宗さんが自室として使っていた部屋だ。

まだ荷物の多くを残しているので、荷解きするのにも書斎の方が都合がいいのだろう。

私は荷解きの時に荷物を全部広げてから片付けるタイプなので、部屋を分けることで正宗さんの目を気にせず作業できるのはありがたい。

そう感謝しつつ、私はキャリーケースを開けて荷解きを始める。

とりあえず、中に入っている物を床の上に取り出して……っと。

ちなみに、私室として使っていいと与えられたこの部屋には、実家から運んできた荷物が段ボールに入ったまま積まれている。こ、これも片付けていかないとなあ……

でも今は、旅行の荷物を片付けるのが最優先。こっちの荷物は後回し！

ええと、洗濯物はそれぞれネットに入れて……あ、洗濯ネット。ネットは確か新しく買ったやつが段ボールの中に…………あった！

段ボールから発掘した洗濯ネットに洗濯物を入れる。あとは一階の脱衣所にある洗濯機に放り込めばオッケー！　……って、オッケーじゃないよ。洗剤入れてボタンを押さなきゃ洗えないよ！

と一人ツッコミはさておき、洗濯物は纏《まと》め終わった。

化粧品を入れたポーチや化粧水、乳液の入ったボトルなどは、とりあえずローテーブルの上に置いておこう。

あとは土産物《みやげ》かな。お土産の大部分は向こうで宅配をお願いしたので、明日届く予定なんだけど、宅配を手配したあとに買った細々としたものはキャリーケースに詰めてきたんだ。

自分用、自宅用、人にあげる用……と分けて、整理。

明日他のお土産が届いたら、実家やご近所、友人達に配りに行かないと。

ちなみに正宗さんは明日からご出勤なので、その時に持って行ってもらえるよう、職場用のお土産は宅配せず正宗さんのキャリーケースに入れて持ってきてある。

あとは手持ちの鞄の中身を整理して……っと。よし、こんなもんでしょ！

私はネットに入った洗濯物を手に、一階に下りていく。

洗濯機の蓋《ふた》を開けると、そこには正宗さんの洗濯物が入っていた。

（……これからは、私が正宗さんのパンツを洗うんだなあ……むふ）

って、今私とっても変態くさくなかった⁉　むふってなんだよ、むふって！　しかもパンツを洗うとか、洗濯するのはパンツ限定じゃないのに‼

……と、とにかく。これからは専業主婦たる私が洗濯を含めた家事を担当するわけですよ。

正宗さんのパンツを見る度にいちいちニヤニヤしないように気を付けないと……

自分の頬を軽くペチペチと叩いて気を引き締め、洗濯機のスイッチをオン。

しばらくすると洗濯量に合った洗剤の量が表示されるので、その通りに洗剤を投入し、柔軟剤も専用の投入口から入れる。

実家の洗濯機と操作方法が同じでよかったあ。

洗濯機に表示された終了時間は、約四十分後。

柏木家の物干し場は外にあるんだけど、室内干し用の物干しスタンドもちゃんとある。

この時間に外に干すのはあれなので、今夜は室内干ししよう。

私は頭の中で算段を浮かべ、脱衣所の灯りを消してからお茶の間に向かう。

そこには先に荷解《にほど》きを終えた正宗さんがいて、二人分のお茶を淹《い》れてくれていた。

「わ、すみません」

「いえ、気にしないで下さい」

向かいの席に座るよう促《うなが》され、湯呑に入ったお茶を差し出される。

それを手に取り、ふうふうと息を吹きかけて冷まし、ずず……っと啜《すす》った。

「……美味《おい》しい……」

正宗さんが淹れてくれたお茶はまろみのある優しい味で、とても美味しかった。なんというかこう、ホッとする味だ。

私達はしばしお茶を飲みながら、楽しかった旅行の思い出話に花を咲かせたり、明日からの予定を話したりした。

そして二杯目のお茶を飲み終わった頃、脱衣所の方から洗濯終了を告げるブザーが鳴る。

「あ、洗濯終わったみたい。私干してきますね」

「ああ、それなら俺も……」

「いえいえ！　一人で大丈夫ですから」

実は、自分の下着を正宗さんに見られるのはまだちょっと抵抗があるのです。恥ずかしいのです。

こういうのは、一緒に暮らしていくうちにだんだんと気にならなくなっていくんだろうけど……

（今はまだ、無理っ！）

私が洗濯物を干している間に正宗さんがお風呂を沸かしてくれて、順番に入ることになる。

一番風呂は正宗さんに！　と言ったのだけれど、正宗さんが「千鶴さんの方が疲れているだろうから」って、先を譲《ゆず》ってくれた。うう、本当にできた旦那様だよう……そんなこんなで、柏木家のお風呂初体験……です。

今までこの家に泊まったことはなかったからね。一応、シャンプーとかトリートメントとかボディスポンジとか、自分用のバスグッズを置くのに足を踏み入れたことはあるけど、実際にここのシャワーを使ったり、浴槽に浸かるのはこれが初めて。

浴槽に浸かる前に、髪と身体を洗う。

なんだかドキドキするなあ。正宗さん、いつもここで身体を洗ってお風呂に……と、裸体の旦那様のシャワーシーンや入浴シーンが頭に浮かび、むふふっと笑ってしまう。

……だ、だから変態くさいって、私！　正宗さんの裸を思い浮かべてニヤニヤするとか、もう、本当にどうしようもないな!!

自分に呆れつつ、シャワーで泡を洗い流して浴槽に浸かる。

「ふひ～」

っと、思わず間抜けな声が出てしまった。

でも、ちょっと熱めのお湯が気持ち良い～。

ここのお風呂は実家のより大きくて、広いのも良い。

(これからは、毎日このお風呂に入るんだ)

そんなところでも自分が「正宗さんと結婚した」ことを実感し、嬉しいやら気恥ずかしいやら。

こうやってちょっとずつ、新しい生活に慣れていくのかなあ。

そしてお風呂から上がったら、用意しておいた下着を身につけ寝巻に着替え、脱衣所の洗面台の前でドライヤーを使い髪を乾かす。あと歯も磨いた。

そしてお茶の間の正宗さんに声をかけ、二階の寝室に移動する。

部屋の灯りを点けると、真っ先に目に入るのは二人で選んだダブルベッド。

今日からここで正宗さんと寝るんだ……と思うと、心臓がバクバクと高鳴る。

（う、きょ、今日は、その、す、するのかな……セックス……）

人生初のセックスを経験したのは、新婚旅行初日の夜のこと。

ちなみに次の日の夜も……その、致しました。ハイ。

初めての時は痛くて、でも気持ち良くて。二日目の夜もやっぱりちょっと痛くて、でも気持ち良くて……

でもそれ以上に、正宗さんと一つになれたことが嬉しかった。

だから、その、正宗さんとそういうことをするのはけっして嫌じゃない。どころか、むしろ、し、したい……とさえ思う。

（は、恥ずかしい……）

なんて恥ずかしいことを考えているのだ私！

いやでも、新婚ほやほやですし、考えちゃうよね？　ね？

そんなこんなで一人悶々《もんもん》としながら布団に入って正宗さんを待っていると、しばらくして寝室の扉が開く音が響いた。

（正宗さんだ！）

がばっと身を起こし、扉の方に視線を向ける。すると、そこには……

（ま、正宗さん、浴衣ああああ⁉）

なんと、浴衣姿の旦那様が立っておりました。

一瞬まだ旅館にいるのかと錯覚《さっかく》してしまったけれど、違う。ここは私達の寝室です。

えっ、それなのになんで浴衣？　と思ったのが顔に出たのか、正宗さんは苦笑しながら「俺、寝る時はいつも浴衣なんです」と仰《おっしゃ》った。

なんですとおおおおおおおおお‼

た、ただでさえ黒髪眼鏡男子しかもイケメンという私のツボをついてやまない正宗さんが、ゆ、浴衣を着て寝ているだとっ！　私を萌え殺す気ですかっ‼

旅行中に旅館でも見て、似合う、恰好良いと悶《もだ》えた正宗さんの浴衣姿が、これから毎日拝めるなんて……！

神様ありがとうございます‼　千鶴は、千鶴は幸せ者ですうううううう‼

五体投地《ごたいとうち》で感謝の意を捧げたいくらい内心大喜びの私を尻目に、正宗さんは部屋の灯りを消してベッドに近付いてきた。

ベッドライトの灯りだけが、私達を照らしている。

そして彼は布団を捲《めく》り、私の隣に入ってきた。

浴衣の合わせ目からちらっと覗《のぞ》く鎖骨、素敵……！

私は、「こ、これから私、正宗さんに抱かれるのね……」と、ドキドキしながら身構える。

心の準備はできていま……

「おやすみなさい、千鶴さん」

「えっ」

彼はそう言って、ベッドライトのスイッチに手を伸ばす。

な、何もしないの……？

「え？」

「あっ」

し、しまった！　これじゃ私、抱かれるのを期待していたのが丸わかりじゃないかぁ
ああ！　は、恥ずかしい!!　これは恥ずかしいぞ!!

そ、それに、何エロいこと考えてるんだこの嫁って、正宗さんに呆れられたらどうしよう！　う、うわあああああああ!!

「千鶴さん……」

自分の失態を激しく後悔していると、正宗さんはくすっと笑って仰《おっしゃ》った。

「今日は、旅行から帰って来たばかりで疲れているでしょう？　それに……」

諭《さと》すように囁いて、正宗さんは私の頭をよしよしと撫《な》でる。

「一昨日《おととい》から二晩続けて、無理をさせてしまいましたから」

「あっ……」

そう、ですね。一昨日も昨日もその、最後はぐったりしていましたね、私。

「だから、今日は何もしません」

正宗さんは、私の身体を気遣ってくれているらしい。

それを嬉しく思う反面、ちょっぴり……ちょっぴり寂しく思ってしまう自分は、いつからこんなに欲張りになってしまったんだろう。

「………」

（うー。欲張りな嫁でごめんなさい）

私は甘えるように、正宗さんの胸に擦《す》り寄った。

そんな私を、彼はそっと抱き締めてくれる。

そしてぽんぽんと、背中を優しく撫でてくれた。

正宗さんの身体から、なんだか良い匂いがする。

これは、ボディーソープの匂い……かな。ということは、私の身体からもきっと同じ匂いがしているんだろう。

(嬉しいなあ……)

こんなことにも繋《つな》がりを感じ、嬉しくなる。

私達、本当に夫婦に、家族になったんだなあ……って。

そして私はこれからも、こうして彼の温もりを感じながら夜を過ごしていくんだ。

(うへへ)

そう考えただけで胸がいっぱいになる。

ああ、正宗さんと結婚して良かった。

そう思いながら、私は彼の腕の中でゆっくりと眠りの淵《ふち》に落ちていったのだった。

三十路《みそじ》を前に結婚への焦りもなく、オタク街道をひた走る腐女子な千鶴《ちづる》。そんな彼女がお見合いをさせられて出会ったのは、イケメン高校教師の正宗《まさむね》さん。二人は出会った瞬間から息がぴったりで、あれよあれよという間にゴールイン！ゆる～い二人のあま～い新婚生活をご堪能あれ☆

B6判　定価：640円+税　　ISBN 978-4-434-21431-8

NB ノーチェ文庫

夜の魔法に翻弄されて!?

旦那様は魔法使い

なかゆんきなこ　イラスト：泉渼てーぬ

価格：本体 640 円+税

アニエスは、自然豊かな美しい島でパン屋を営んでいる。そんな彼女の旦那様は、なんと魔法使い！　彼の淫らな魔法による甘いイタズラにちょっぴり困りつつ、アニエスは幸せいっぱいの日々を送っていた。そんなある日、新婚夫婦の邪魔をする新しい領主が現れて――!?

詳しくは公式サイトにてご確認ください

http://www.noche-books.com/

携帯サイトはこちらから！

本書は、2012年 9月当社より単行本として刊行されたものに書き下ろしを加えて文庫化したものです。
また本書の章タイトルは、お題サイト『TV』様から一部使用させて頂いております。

エタニティ文庫

ひよくれんり1

なかゆんきなこ

2017年 9月 15日初版発行

文庫編集－西澤英美・塙綾子
発行者－梶本雄介
発行所－株式会社アルファポリス
〒150-6005 東京都渋谷区恵比寿4-20-3 恵比寿ｶﾞｰﾃﾞﾝﾌﾟﾚｲｽﾀﾜｰ5階
TEL 03-6277-1601（営業） 03-6277-1602（編集）
URL http://www.alphapolis.co.jp/
発売元－株式会社星雲社
〒112-0005東京都文京区水道1-3-30
TEL 03-3868-3275
装丁イラスト－ハルカゼ
装丁デザイン－ansyyqdesign
印刷－大日本印刷株式会社

価格はカバーに表示されてあります。
落丁乱丁の場合はアルファポリスまでご連絡ください。
送料は小社負担でお取り替えします。

ISBN978-4-434-23703-4 C0193